JEAN DE BAILLEUL

ROI D'ÉCOSSE

ET

SIRE DE BAILLEUL-EN-VIMEU

OUVRAGES DE M. RENÉ DE BELLEVAL

Azincourt. — Paris, 1865, J.-B. Dumoulin, 13, Quai des Augustins. — 1 vol. grand in-8°, avec cartes et plans.

La première Campagne d'Édouard III en France. — Paris, 1864, Auguste Durand, 7, rue des Grès. — 1 vol. in-8°.

La Grande Guerre, FRAGMENTS D'UNE HISTOIRE DE FRANCE AUX XIVe ET XVe SIÈCLES. — Paris, 1862, Auguste Durand, 1 fort vol. in-8°.

La Journée de Mons-en-Vimeu et le Ponthieu après le traité de Troyes. — Paris, 1861, Durand et Aubry. — 1 vol. in-8°.

Nobiliaire de Ponthieu et de Vimeu. — Amiens, 1861 et 1863, Lemer aîné. — 2 vol. grand in-8°, avec un Atlas de Blasons.

Souvenirs d'un Chevau-Léger de la Garde du Roi, par Louis-René DE BELLEVAL, marquis de Bois-Robin, mestre de camp de cavalerie, etc., etc., publié par René DE BELLEVAL, son arrière-petit-fils. — Paris, Aubry, 1866. — 1 vol. in-12, avec un portrait.

Rôle des Nobles et Fieffés du Bailliage d'Amiens convoqués pour la guerre le 25 août 1337, PUBLIÉ POUR LA PREMIÈRE FOIS AVEC UN AVANT-PROPOS, DES NOTES ET DES ÉCLAIRCISSEMENTS. — Amiens, 1862, Lemer aîné. — 1 vol in-18.

Notices historiques et généalogiques sur quelques Familles nobles de Picardie. — 2 livraisons parues formant chacune 1 vol. grand in-8°. — Amiens, 1860, Ve Herment, et 1863, Lemer aîné.

Trésor généalogique de la Picardie, ou RECUEIL DE DOCUMENTS INÉDITS SUR LA NOBLESSE DE CETTE PROVINCE, par un Gentilhomme picard. — 3 livraisons in-4°, — Amiens, 1859, Ve Herment, et 1 vol. in-8°, MONTRES ET QUITTANCES, Amiens, 1860, Ve Herment.

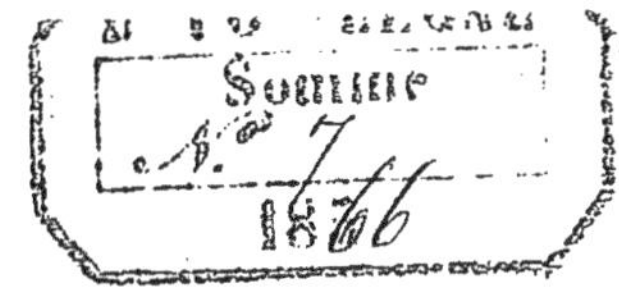

JEAN DE BAILLEUL

ROI D'ÉCOSSE

ET

SIRE DE BAILLEUL-EN-VIMEU

PAR

RENÉ DE BELLEVAL

PARIS
J.-B. DUMOULIN, ÉDITEUR
13, QUAI DES AUGUSTINS

1866

Amiens. — Imp. Lemer aîné, place Périgord, 3.

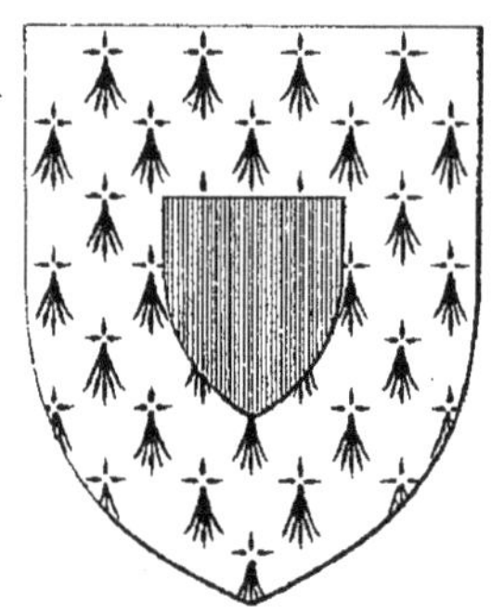

ARMES

DE LA MAISON DE BAILLEUL-EN-VIMEU.

SCEAU

DE JEAN DE BAILLEUL, ROI D'ECOSSE.

(Charte du 23 novembre 1302.)

A Hirondar, Del. & Sculp. Amiens

Lemer aîné, Imprimeur, Amiens

I.

Il est parfois d'étranges destinées ; aucune ne l'est assurément davantage que celle de ce chevalier devenu roi, détrôné après un aussi court règne et finissant obscurément son existence dans une forteresse du Vimeu. Malheureux pendant sa vie, Jean de Bailleul devait l'être encore après sa mort. Depuis six siècles on s'attache à méconnaître sa nationalité, son origine et sa fin : il semble que l'historien qui aborde ce sujet mette aussitôt le pied sur l'herbe qui égare. Ce que l'on a dit par erreur, tant d'autres l'ont répété depuis. Les jalousies de province s'en sont mêlées, avec les meilleures intentions du monde, chacun revendiquant pour son pays cette brillante mais éphémère illustration. Il en a été des familles comme des érudits, à un point de vue moins désintéressé pourtant, et l'on en est arrivé à sanctionner, à propager sur Jean de Bailleul un tissu d'erreurs, et faut-il le dire, de mensonges, commis hélas ! en parfaite connaissance de cause, qu'il importe de dévoiler. Il ne sera pas difficile de le faire, avec les documents que l'on va produire. Les preuves matérielles et irréfutables abondent, les faits parlent d'eux-mêmes, et, savants ou gentilshommes, intéressés dans la question, il faudra bien que chacun se rende à l'évidence. Il est temps que ce fait soit définitivement jugé : Il n'est jamais trop tard pour dissiper des ténèbres ou faire justice de prétentions mal fondées, fussent-elles les unes et les autres plusieurs fois séculaires.

Les personnes qui se trompent sur le compte de Jean de Bailleul, nos adversaires par conséquent, se divisent en deux classes, les écrivains, historiens ou érudits, et les familles du nom de Bailleul. Nous commencerons par leur répondre séparément et par leur fournir nos preuves avant de publier la généalogie des seigneurs de Bailleul du Vimeu, qui sera la preuve la plus importante et, pour ainsi dire, le couronnement de l'édifice.

II.

Il serait certes plus facile et plus tôt fait d'énumérer ceux qui ont dit que Jean de Bailleul était Picard que ceux qui ont avancé le contraire. Le roi d'Écosse a été baptisé Normand, quoiqu'il y en eut, parce que la Normandie a trouvé plus d'historiens que la Picardie, parce qu'elle compte plus de villages du nom de Bailleul, et enfin parce qu'il était prudent, au siècle dernier, de se faire un ami de M. de Bailleul, président au parlement de Normandie (1). Cela n'était pas difficile et ne faisait de tort à personne. Une fois le chemin frayé, tous l'ont suivi, estimant cela plus commode que de s'engager dans une route nouvelle

(1) Charles-Pierre de Bailleul, conseiller du roi en tous ses conseils, président à mortier au parlement de Normandie.

et inexplorée. L'édifice qu'ils se sont efforcés de construire repose sur de si mauvais fondements qu'il n'y a vraiment aucun mérite à le renverser et l'on ne peut comprendre qu'il ne se soit encore rencontré qu'un seul archéologue, aussi savant que bien informé, M. le marquis Le Ver (1), pour essayer de mener l'entreprise à bonne fin. Le mémoire qu'il a publié sous forme de lettre (2), nous sera du moins fort utile et nous lui ferons de fréquents emprunts avec d'autant plus de confiance que M. Le Ver appartenait à l'une des plus anciennes familles du Ponthieu, qu'il possédait sur cette province une très riche collection de documents et de manuscrits où il a pu puiser à pleines mains, et qu'enfin, comme il le dit lui-même, il s'occupait depuis longtemps de recherches sur Jean de Bailleul et sur sa famille, et se proposait de publier sur ce sujet intéressant, un travail complet et étendu, si la mort ne l'avait surpris au milieu de sa tâche.

La France ne compte pas aujourd'hui moins de treize villages de Bailleul, deux dans le département de l'Eure, un dans la Manche, un dans le Nord, un dans l'Oise, un

(1) Louis-Augustin Le Ver, marquis de Chantraine, appelé le marquis Le Ver, colonel de cavalerie, chevalier de Saint-Louis, né à Amiens le 30 juillet 1760, mort le 8 octobre 1840.

(2) Revue Anglo-Française, tome 3-4, année 1835-1836, p. 444. — Sous ce titre : biographie anglo-française. Sur Jean de Bailleul, roi d'Écosse ; lettre au directeur de la revue anglo-française.

dans l'Orne, trois dans le Pas-de-Calais, un dans la Sarthe, deux dans la Seine-Inférieure et un dans la Somme. En compulsant les nobiliaires des diverses provinces, depuis le XVIe jusqu'au XVIIIe siècle, on trouve dix-neuf familles qui ont porté le nom de Bailleul comme seul nom patronymique : Toutes se sont éteintes successivement, après avoir sans doute revendiqué le roi d'Ecosse comme leur appartenant en propre ; mais, de celles-là il n'y a rien à dire et l'on s'occupera de la seule maison normande de Bailleul qui ait survécu et qui réclame aujourd'hui Jean de Bailleul comme l'un de ses ascendants, en s'appuyant sur les textes modernes, ou presque modernes, d'écrivains complaisants dont le seul tort a été de se copier mutuellement, sans vouloir remonter aux sources. S'il n'est pas, pour employer un langage vulgaire, de pire sourd que celui qui ne veut pas entendre, il n'est pas de pire aveugle que celui qui ne veut pas voir. Voici, en deux mots, le thême favori de ces écrivains parmi lesquels on a le regret de compter les auteurs de l'art de vérifier les dates : « le village de Bailleul-sur-Eaulne (canton de Londinières, Seine-Inférieure) a donné son nom à des seigneurs desquels est issu Jean de Bailleul qui devint roi d'Ecosse. Après avoir été déposé, Jean revint se fixer dans la seigneurie de ses ayeux, il y mourut et y fut enterré sous une pierre tombale que l'on voit encore dans l'église de ce village. » Telle est, avec plus ou moins de développements, l'opinion universellement adoptée et répandue : certains érudits ont eu pourtant la bonne foi de ne vouloir rattacher Jean à aucune des dix-neuf familles de Bailleul qui auraient pu, avec autant de justice et de bon droit apparent, se le disputer pour lui donner la place d'honneur dans leur arbre généalogique.

Et d'abord, Jean de Bailleul devait-il son nom à Bailleul-sur-Eaulne et possédait-il cette seigneurie à titre viager ou héréditaire ? Le roi d'Ecosse, si l'on interroge ses actes, se charge de répondre lui-même. Il semblerait qu'en descendant du trône, il ait prévu que sa gloire éphémère jeterait tant d'éclat sur le nom de Bailleul que toutes les familles de ce nom voudraient s'en prévaloir. C'est avec un soin jaloux, pour ainsi dire, qu'il détermine son origine, et les historiens auraient été fixés là-dessus depuis longtemps s'ils avaient eu connaissance des chartes que nous avons retrouvées. Dans trois pièces émanées du prince détrôné et datées du mois de septembre et du mois de décembre 1304, du mois de juin 1306 et du 4 mars 1314 (1), Jean se qualifie ainsi : « Nous Jehans, rois d'Escosse et sires de Bailleul-en-Vimmeu. »

Il y avait déjà tant de villages et de familles de Bailleul qu'il aurait pu y avoir quelque confusion dans l'esprit de la postérité, ce qui n'a pas manqué d'arriver. C'est pour-

(1) Voir ces chartes aux pièces justificatives qui terminent ce travail.

quoi Jean a-t-il soin de spécifier et de dire « Bailleul-en-Vimmeu. » — C'est donc bien au village de Bailleul (canton de Hallencourt, Somme), situé dans le Vimeu, portion du Ponthieu qui comprenait lui-même la Basse-Picardie avec Abbeville pour capitale, que Jean de Bailleul devait son nom patronymique. Le doute n'est plus possible, et s'il subsistait encore, il devrait céder devant une nouvelle preuve. En mariant le 23 octobre 1295, son fils unique, Edouard, à Isabelle de France, fille de Charles de Valois, Jean assigne le douaire de sa bru sur les seigneuries de Bailleul, de Dompierre, de Hornoy et de Hélicourt, qu'il possède en France, et sur toutes ses seigneuries d'Ecosse. En faveur d'une aussi illustre alliance, Jean ne pouvait se montrer trop généreux et il est incontestable que les seigneuries précitées composaient tout son avoir en France. On a vu que Bailleul était en Vimeu où étaient également Hélicourt (1) et Hornoy (2) : Dompierre seul était sur les bords de l'Authie (3). Il n'est nullement question de seigneuries en Normandie, et s'il en avait possédé une quelconque, pour quel motif Jean l'aurait-il omise en ne citant que celles du Ponthieu ? Il n'est pas admissible qu'il ait eu encore d'autres seigneu-

(1) Hélicourt, cette importante châtellenie, n'est plus aujourd'hui qu'une annexe de la commune de Tilloy-Floriville, canton de Gamaches, Somme.

(2) Hornoy est un chef-lieu de canton.

(3) Dompierre-sur-Authie, canton de Crécy-en-Ponthieu, Somme.

ries : Si l'on songe que Bailleul, châtellenie, et Hélicourt, baronnie, étaient les deux plus grandes terres de la province, qu'un nombre immense de fiefs relevaient d'elles, qu'elles possédaient l'une et l'autre deux forteresses imposantes, si l'on ajoute que Dompierre avait aussi un château-fort, on trouvera que Jean de Bailleul était déjà beaucoup plus riche que la plupart des barons de son temps. En faisant l'énumération de ses biens pour le mariage de son fils, il n'aurait pas manqué de mettre en première ligne le lieu de sa naissance ou du moins le berceau de sa maison. C'est justement parce qu'il se qualifie toujours « sires de Bailleul-en-Vimmeu, » à l'exclusion de ses autres grandes terres, que l'on peut affirmer qu'il n'a jamais rien eu de commun ni avec la Normandie, ni avec Bailleul-sur-Eaulne.

Le même argument servira à répondre à cette objection que Jean de Bailleul ayant été enterré dans l'église de Bailleul-sur-Eaulne, il s'ensuit que ce Bailleul était à lui et la seigneurie patronymique de ses ancêtres. Nous croyons avoir suffisamment prouvé le contraire aux gens sérieux et de bonne foi. Aux autres, nous dirons que la pierre tombale de Bailleul-sur-Eaulne n'est pas celle du roi d'Ecosse et pourquoi elle ne peut être la sienne.

Lorsque le roi d'Ecosse, après son abdication, eut été remis par le roi d'Angleterre, à Wissant (1), le 14 juillet

(1) Wissant a-t-il ou n'a-t-il pas été le *Portus Itius* des Commen-

1299, entre les mains de l'évêque de Vicence, légat du pape, il était libre de fait et c'est alors qu'il revint en Ponthieu où il pouvait fixer sa résidence, à son choix, comme on l'a déjà dit, dans les trois châteaux de Bailleul-en-Vimeu, de Hélicourt et de Dompierre-sur-Authie. Il est probable qu'il les habita tous alternativement, plutôt même les deux premiers que le troisième; mais, on suppose qu'il avait une préférence marquée pour Hélicourt dont la forteresse devait être très-vaste et très-importante, à en juger par les débris qui subsistent sur les bords de la Bresle, dont les eaux baignaient le pied du donjon, et par le prix que l'on attachait à sa possession pendant les guerres des XIVe et XVe siècles (1). Hélicourt n'avait pourtant, pour Jean ni pour les siens, l'attrait de la nouveauté puisque, dès 1139, Bernard de Bailleul, son bisayeul, s'en qualifiait seigneur. On trouve la preuve de cette prédilection dans le choix que Jean avait fait du nom de ce château pour son cri d'armes héréditaire, qui fut celui de son fils et qui serait demeuré celui de ses descendants si Edouard n'était mort sans postérité. « Jean de Bailleul,

taires de César ? Toujours est-il que ce petit port, réduit à une population de 900 âmes, est bien déchu de son ancienne splendeur et de l'importance qu'il avait acquise pendant la guerre de cent ans. — Wissant fait aujourd'hui partie du canton de Marquise, Pas-de-Calais.

(1) Comme dans tout le Ponthieu, à deux ou trois exceptions près, les ruines de Hélicourt se composent de fossés gazonnés et que le temps a à demi comblés, entourant une butte sur laquelle s'élevait jadis le donjon, et que l'on voit encore dans l'herbage du moulin à blé.

roy d'Escosse, retint toujours le cry de sa maison : *Hellicourt-en-Ponthieu*, qui est une baronnie située au comté de Ponthieu, laquelle lui appartenoit de son propre, avec les seigneuries de Bailleul-en-Vimeu et de Hornoy, d'où on recueille l'erreur de Nicolas Vignier en sa bibliothèque historiale, de La Croix-du-Maine en sa bibliothèque françoise, et de Denis Sauvage, sur la chronique de Flandres, qui ont cru que ce roy estoit seigneur de Harcourt en Normandie, l'ayant confondu avec Hélli-court qui est au comté de Ponthieu. (1) »

Pour quel autre motif, qu'un motif d'affection et de préférence, Jean aurait-il choisi le nom d'Hélicourt au lieu de prendre fièrement son nom patronymique pour cri de guerre, comme l'ont fait quelques grandes familles picardes, notamment celles de Rambures, de Rubempré et de Renty, et dont, n'en déplaise à un dicton fort connu, le cri n'était pas un « piteux cry, » tant s'en faut (2).

(1) Du Cange, IIe dissertation sur l'hist. de S. Louis.

(2) « Rambures, Rubempré, Renty, belles armes, piteux cry » (La Colombière, science héroïque, p. 474.

On ne peut s'expliquer le sens de ce méchant distique, car le « piteux cry » de ces trois illustres maisons était tout simplement leur nom. Cela était certes moins piteux que d'avoir choisi pour cri d'armes, comme tant de familles l'ont fait, le nom de quelques autres grandes maisons de leur province, sous prétexte d'alliance on de prétention à une communauté d'origine. N'était-il pas plus noble encore de jeter dans les batailles son propre nom à la face de l'ennemi, que d'orner son écusson, comme on commença à le faire au XVIe siècle, de devises latines ou

Jean de Bailleul aimait donc Hélicourt ; il y vécut après son retour en Ponthieu en 1299 Ceci est prouvé par les divers actes qu'il passa avec la municipalité d'Abbeville et avec l'abbé de Sery. Pour agir ainsi il faut être présent. Des concessions, des ventes ne sont pas l'affaire d'un jour, mais le résultat de combinaisons, de calculs plus ou moins longs: Si Jean de Bailleul traitait avec le mayeur d'Abbeville, avec l'abbé de Sery, avec les officiers du roi en Ponthieu, c'est qu'incontestablement il habitait le Ponthieu. Pourquoi, s'il eut vécu à Bailleul-sur-Eaulne, n'y aurait-il pas laissé les mêmes traces de son séjour par des actes de même nature passés soit avec des villes voisines, soit avec des barons, ses voisins ? On dit donc que Jean de Bailleul habitait Hélicourt et il n'y vivait pas toujours d'une manière exemplaire, à en juger par l'accusation que le sénéchal de Ponthieu pour le roi d'Angleterre intenta contre lui pour « pluseurs entrepresures, meffais et trespas desquès li sénescaus de Pontiu nous acoisonnoit et nos gens, et nous metoit sus avoir fait en nostre terre de Héliscourt et ès appartenanches séans en Vimeu (1). » C'était le 14 mars 1314.

italiennes, ou de mauvais jeux de mots français. Certes les armes des Rambures, des Rubempré et des Renty étaient belles, car elles personnifiaient la simplicité que l'on estime tant dans la science héraldique ; mais leur cri de guerre ou d'armes était beau aussi.

(1) Voir cette pièce reproduite toute entière aux Pièces justificatives.

Le fait de la résidence à Hélicourt, en 1314 du moins, parait résulter clairement de cette pièce; si Jean y menait joyeuse vie en molestant ses vassaux, c'est donc qu'il y demeurait. Or, si l'on ajoute à cela que Jean mourut vers le mois d'octobre 1314, comme on le démontrera tout à l'heure, on se trouvera tout naturellement amené à conclure qu'il mourut à Hélicourt même, bien mieux placé que Bailleul par rapport au voisinage du sénéchal de Ponthieu qui devait désormais être fort peu agréable à Jean. Pourquoi donc, c'est une question que nous posons à nos adversaires, pourquoi Jean aurait-il choisi sa sépulture à Bailleul-sur-Eaulne, dans une autre province, dans une seigneurie où il ne possédait rien, loin enfin de la sépulture de ses pères qui devait être assurément soit à Bailleul, soit à Hélicourt, soit peut-être dans l'une des deux abbayes de Sery ou du Lieu-Dieu, cimetière ordinaire de la grande noblesse du Vimeu jusqu'au xve siècle? Edouard de Bailleul, son fils unique, était en Angleterre au moment de la mort de son père : Une lettre du roi d'Angleterre, du 4 janvier 1315 (1), le dit formellement. Il n'avait par conséquent pu s'occuper de la sépulture de son père, et si Jean avait été enseveli dans l'église de Saint-Waast de Bailleul-sur-Eaulne, c'eut été par suite de son choix ou de l'expression de ses dernières vo-

(1) Rymer, t. II, part. 1, p. 75.

lontés. Quand un baron ou une noble dame choisissait sa sépulture dans une église, cette faveur était achetée par des donations de terres où par de riches fondations. Où sont les actes passés par Jean de Bailleul ou par son fils, à cet égard ? où sont les fondations faites dans l'église de Bailleul-sur-Eaulne ?

On pourrait nous objecter que nous raisonnons ici sur de simples hypothèses, et que la discussion de questions historiques controversées ne comporte et n'admet que des faits. Rien n'est plus juste et c'est avec des faits indiscutables que nous allons procéder.

La tombe qui, après avoir subi plusieurs déplacements, est enfin encastrée dans le mur du nord de l'église de Bailleul-sur-Eaulne (1), est en pierre d'ardoise, haute de 2 mètres 65 centimètres et large de 1 mètre 35 centimètres. Cette tombe, gravée en creux, est partagée en deux parties égales par deux lignes parallèles de haut en bas. Dans le compartiment de droite, soit que l'effigie du mari n'y ait jamais été figurée, soit qu'elle ait été effacée, on n'y distingue plus qu'une croix ancrée placée plus haut que le milieu. Le compartiment gauche offre l'image d'une femme dont la tête est entourée d'un voile et dont les mains sont jointes sur la poitrine. Des deux côtés de la tête sont deux écussons : celui du mari est indéchiffrable : celui

(1) Canton de Londinières, Seine-Inférieure.

de la femme porte *un sautoir de vair*, pièce héraldique bien connue, propre à quelques familles, et notamment à la maison flamande de Bailleul: Ce n'est donc pas une croix de Saint-André, emblême du patron de l'Ecosse, comme quelques archéologues normands l'ont voulu pour les besoins de leur cause (1). Tout ceci n'est pas contestable, mais la question de l'épitaphe est le point le plus délicat. Aujourd'hui cette inscription est tout à fait illisible et presque complètement effacée. On peut y voir tout ce que l'on veut parce que l'on n'y voit plus rien. Voici comment un archéologue normand, M. Mathon, l'a lue en 1820 :

« CI-GIST. MONSEINGNEUR. JOHAN. JADIS. SEINGNEUR. DE. BAILEUL...... (ici six mots effacés)... QUI TRESPASSA L'AN. DE. GRACE. MIL CCCXXI (ou XXIX). SAMEDI X. JOUR. AVRIL. PRIES. POUR. AME. DE. LUY. ✝ CI-GIST MADAME. JOHAN...... OULT (OU EUL)... SEUR. DU. ROY. EDEVAER. JADIS. FAME. MONSEINGNEUR. JOHAN. DE. BAILEUL. QUI. TRESPASSA. L'AN. DE. GRACE. MIL. CCC. ET. III. LE. IIe JOUR. DEVANT. LA. CHANDELEUR. PRIES. POUR. LUY. (2) »

(1) Description géographique, histor. monum. et statist. des arrond. etc., 3e partie, p. 45, par M. Guilmeth. — Notice sur une pierre tumulaire de l'église de Bailleul-sur-Eaulne, par M. de Duranville.

(2) Epigraphie de la Seine-Inférieure, par M. l'abbé Cochet, t. XXI du Bulletin monumental, publié par M. de Caumont, p. 311.

Voilà maintenant comment le marquis Le Ver l'a déchiffrée en 1835 :

« CY GIST MONSEIGNEUR JEHAN, JADIS...... SEIGNEUR...... I.... ESPASSA LAN DE GRACE...... SAMEDI X AVRIL PRIÉS POUR L'AME DE LUY. — † CI-GIST MADAME JOHANNE †...... MOULT SEUR DE (ici trois lettres illisibles) EDEUNAER † JADIS FAME † MONSEIGNEUR JEHAN, SEIGNEUR DE BALLOEL..... TRESPASSA LAN DE GRACE MIL CCC ET II LE IIe JOUR DEVANT LE CHANDELEUR. »

Le temps avait rapidement fait son œuvre de destruction et il est fort heureux pour nous qu'il ne l'ait pas achevée plus tôt, car cette épitaphe seule nous suffira pour prouver que ceux pour lesquels elle avait été rédigée n'étaient ni le roi ni la reine d'Ecosse.

1° La qualification que l'épitaphe donne au mari est celle de « jadis seigneur de Baileul. » Pourquoi ne lui attribue-t-elle pas le titre de roi d'Ecosse que Jean prenait dans ses chartes, de 1300 à 1314, avant celui de sire de Bailleul ? « dans l'usage, — dit M. Le Ver, — ce titre de roi est indélébile, et celui qui l'a porté le conserve, quoiqu'il soit descendu du trône et tombé dans un rang inférieur. » Sans parler de l'exemple fourni par Jean de Bailleul lui-même, on remarque que, dans toutes les chartes où figure Jeanne de Dammartin, comtesse de Ponthieu, veuve de Ferdinand, roi de Castille et de Léon, depuis son second mariage avec Jean de Nesle, vers 1260, elle se dit toujours *par la grâce de Dieu reine de Castille et de Léon, comtesse de Ponthieu.* Adèle de Savoie, veuve du roi Louis Le Gros, qui avait épousé Mathieu de Montmorency, connétable de France, s'intitule aussi « *Adelæ reginæ et vir meus dominus Mathæus* (1). » Isabelle d'Angoulême enfin, veuve de Jean-sans-Terre, roi d'Angleterre, et remariée à Hugues de Lusignan, comte de la Marche, se faisait toujours appeler *la Comtesse-Reine*. Il s'agissait pour elles de rappeler une grandeur passée et qui ne pouvait plus revenir : Pour Jean de Bailleul au contraire, il s'agissait de constater des droits solennellement reconnus par le roi d'Angleterre, par l'Ecosse entière, et que sa défaite ne pouvait ni effacer ni prescrire. Il était dans l'ordre des choses qu'Edouard Ier ne qualifiat plus de roi celui qu'il avait vaincu et détrôné ; il était naturel, par suite, que les représentants du prince anglais dans le comté de Ponthieu ne traitassent plus Jean qu'en simple gentilhomme, mais il aurait été surprenant que Jean cessât de s'attribuer un titre auquel il avait des droits réels et qu'il ne lui donnât pas le pas sur tous les autres : Or, c'est ce qu'il n'a jamais cessé de faire : Les actes émanés de lui en font foi. Pourquoi donc ce beau

(1) Hist. de la maison de Montmorency, par A. du Chesne.

titre de roi d'Ecosse aurait-il disparu d'une tombe érigée par la piété d'un fils, héritier de ses droits et de ses titres, sur la sépulture de son père ?

2° Dans l'épitaphe de la femme on remarque deux anomalies bien autrement singulières : d'abord, le mot SEUR qui constituerait un fait jusqu'alors sans précédent dans les annales de la science épigraphique. La lecture de M. Mathon et celle de M. Le Ver ont été la même, seulement tous deux font précéder ces quatre lettres de quelques points, comme s'ils supposaient qu'au lieu de former un seul mot elles n'étaient que la terminaison d'un mot plus étendu. M. Le Ver, notamment, a trouvé cette qualification si étrange et si intempestive, que, tout en déclarant « qu'il n'a jamais été d'usage d'indiquer la fraternité d'une femme sur une pierre tumulaire où le nom du mari se trouve, » il a en outre soin d'avertir qu'il a dû mal lire et que le mot dont il a fait SEUR doit assurément signifier autre chose. La version de M. Mathon, faite d'après un examen antérieur de quinze ans, prouve que M. le marquis Le Ver ne s'est pas trompé. Il y a donc bien SEUR sur l'inscription et SEUR DU ROY EDEVAER. Mais ici les deux érudits sont en désaccord. M. Mathon l'a lu ainsi ; M. Le Ver a lu également EDEVAER, mais il affirme qu'entre ce mot et ceux de SEUR DE... il y a trois lettres illisibles dont M. Mathon a fait le mot ROY. Jusqu'à quel point, d'abord, est-il permis de trouver Edouard dans EDEVAER, et pourquoi l'*r* du mot ROY est-elle en tout semblable à un v, lorsque les autres R ont le style de l'écriture connue sous le nom de minuscule gothique, celle des chartes et des légendes des sceaux du XVe siècle ? Il ne faut pas se le dissimuler, le style de l'inscription, et la forme des lettres feraient croire que cette épitaphe serait postérieure de deux siècles à la mort du roi d'Ecosse. Admettons pourtant qu'elle soit contemporaine, admettons que l'intention du sculpteur ait été d'écrire « SEUR DU ROY EDEVAER ; que répondra-t-on alors à la deuxième anomalie que l'on signalait tout-à-l'heure, car la femme de Jean de Bailleul, et l'histoire le prouve, n'a jamais été la sœur d'aucun roi. L'épitaphe la nomme Jeanne et la reine d'Ecosse, femme de Jean, s'appelait Isabelle. L'épitaphe la fait sœur d'un roi Edouard: Duquel? Est-ce d'Edouard de Bailleul, devenu roi par la mort de son père? Mais alors Jean de Bailleul eut épousé sa propre fille. Ce serait une accusation d'inceste qui est d'autant moins venue à la pensée de personne que Jean n'a pas eu de filles. Est-ce du roi d'Angleterre, Edouard II? Mais chacun sait qu'Henri Ier n'avait eu que deux filles, Marguerite, femme d'Alexandre III, roi d'Ecosse, et Béatrix, femme de Jean de Dreux, duc de Bretagne ; de plus, Isabelle, femme de Jean de Bailleul, et fille de Jean, comte de Varennes, de Surrey et de Sussex, n'avait qu'un seul frère, Guillaume de Varennes, tué du vivant de son père dans un tournoi, à Croydon (1). Il est difficile, comme on le voit, de concilier les prétentions de quelques normands, désireux de s'attribuer un illustre compatriote de plus, avec le rigide positivisme de l'histoire.

3° L'écusson, placé à gauche de la tête de cette Jeanne, porte un sautoir sur lequel on croit distinguer les traces de la fourrure connue dans le langage héraldique sous le nom de vair. Les armoiries de la prétendue reine d'Ecosse se blasonneraient ainsi : *de..... au sautoir de vair*. Admettons que le vair ne soit qu'un effet de l'imagination, que le grain de la pierre, entamé dans certaines places, ait aidé à une illusion d'optique : il reste indubitablement un sautoir. Ces armes n'ont donc aucun rapport avec les armes d'Angleterre que chacun connaît, ni avec celles des Varennes, comtes de Surrey, qui étaient : *échiqueté d'or et d'azur* (2). Elles ont encore moins de rapport avec celles du royaume d'Ecosse et de la maison de Bailleul-en-Vimeu.

4° Sur le compartiment de la pierre tombale où était figurée l'image du mari, de ce sire de Bailleul, on distingue encore une croix ancrée. Une verrière de l'église de Bailleul-sur-Eaulne offre la représentation d'un cheva-

(1) P. Anselme, t. V, p. 26-28, et Imhof, Généal. anglicæ, part. II, cap. II.

(2) Imhof, geneal. anglicæ, part. II, cap. II.

lier à genoux, les mains jointes, et revêtu d'une cotte d'armes semée de croisettes, à une croix ancrée brochante. Le vêtement de la femme, brisé par le milieu et remplacé par du verre blanc, devait être également armorié et porter, selon l'usage, les deux écussons accolés. Il est regrettable que cette pièce de conviction ait disparu ; mais ce qu'il en reste suffit pour démontrer que cette verrière, quoique peut-être postérieure à la pierre tombale, — telle est l'opinion de M. le marquis Le Ver, — devait représenter les mêmes personnages que la tombe. La reproduction de la croix ancrée, comme principale pièce du blason, le prouve. Un sceau de Dervegulde, femme de Jean de Bailleul, chevalier, et mère de Jean de Bailleul, roi d'Ecosse, suspendu à une donation faite à l'université d'Oxford, en 1284 (1), atteste une fois de plus que les armes de son mari, et par conséquent celles de son fils, étaient d'*hermines à l'écu de gueules en abime*, car elles sont accolées aux siennes propres, *de... au lion de.... couronné et lampassé de.....* Deux sceaux d'Enguerran et de Simon de Bailleul, de la même maison que le roi d'Ecosse, l'un de 1229, l'autre de 1270, portent un écusson en abime sur un champ d'hermines (2). On trouve, au contraire, aux mêmes sources, sur le sceau

(1) Historia et antiquitates universitatis Oxinii, a Th. Schel, fol. 1674, 1675.

(2) Inventaire des sceaux des archives de l'Empire, n°s 1269 et 1271.

de Pierre de Bailleul, gentilhomme de Normandie, en 1339, les mêmes armoiries que celles de la verrière et de la pierre tombale (1). On trouve enfin dans l'histoire de la maison d'Harcourt, par La Roque, à propos de l'alliance de Charlotte de Harcourt, avec Robert de Bailleul, sire de Bailleul-sur-Eaulne, le 27 mars 1632 (2), un précis généalogique très étendu de cette maison et la description de ses armes : *de gueules semé de croix recroisetées au pied fiché d'argent, à la croix ancrée de même brochante.* Un armorial manuscrit, de la fin du XIVe siècle (3), attribue les mêmes armes au seul gentilhomme normand du nom de Bailleul qu'il cite et qu'il range parmi les chevaliers bannerets. En faut-il davantage pour convaincre que Bailleul-sur-Eaulne avait des seigneurs de son nom, que ces seigneurs portaient les armoiries que l'on vient de décrire, et que la tombe de l'église de Bailleul-sur-Eaulne recouvrait les restes de l'un d'eux ?

5° Enfin, d'après la lecture de M. Mathon, l'épitaphe fixe la date de la mort de ce sire de Bailleul à « l'an de grâce mil CCC XXI (ou XXIX) samedi X jour davril. » M. Le Ver n'a lu que « lan de grâce.... samedi X avril. » Or, une lettre du roi d'Angleterre au roi de France, du 4

(1) Inventaire des sceaux des archives de l'Empire, n° 1270.

(2) Hist. de la maison d'Harcourt, par Gilles-André de la Roque. p. 1400-1409.

(3) Pub. par M. Douët-d'Arcq, Paris, 1861, in-8°, p. 18.

janvier 1315, porte que, ayant appris la mort récente de Jean de Bailleul, « *cum dominus Johannes de Baliolo, qui quædam feodalia tenuit de dominio vestro, viam universæ carnis, ut accepimus, sit ingressus* (1), » il prie le roi de France de recevoir Renaud de Picquigny, vidame d'Amiens, chargé de la procuration d'Edouard, fils et héritier de Jean de Bailleul, son vassal, à l'effet de lui rendre les devoirs féodaux que ledit Edouard lui doit pour les terres qu'il a en France. « Les lois féodales — dit M. Le Ver — voulaient que les devoirs féodaux fussent rendus dans les quarante jours, par le successeur de celui qui les devait. Si l'on ajoute à ce temps une trentaine de jours écoulés avant que la mort de Jean de Bailleul fut connue au-delà du détroit, en Angleterre, il se trouve que cette mort peut être arrivée dans le mois d'octobre 1314. » Il est inutile d'entrer ici dans la voie des hypothèses et des suppositions que nous n'admettons qu'à défaut d'autre, lorsqu'il s'agit de l'histoire. Que nous importe que Jean de Bailleul soit mort au mois de septembre, d'octobre ou de novembre 1314, que la nouvelle de sa mort ait été plus ou moins longtemps à parvenir au roi d'Angleterre, qu'Edouard ait ou n'ait pas scrupuleusement obéi à la loi féodale lui prescrivant de remplir ses devoirs de vassalité envers la couronne de France, dans les quarante jours de la mort de son père? Il suffit de savoir et de prouver

(1) Rymer, t. II, part. 1, p. 75.

que Jean de Bailleul vivait encore le 14 mars 1314, et qu'il était mort avant le 4 janvier 1315. Comment peut-il se faire que l'épitaphe de Bailleul-sur-Eaulne établisse cette mort au 10 avril 1319 ou 1321 ?

Pour les érudits et les historiens notre tâche est terminée. Résumant les propositions qui précèdent nous disons donc que Jean de Bailleul était seigneur de Bailleul-en-Vimeu et non pas de Bailleul-sur-Eaulne, parce qu'il exista dans ces deux seigneuries deux familles différentes et indépendantes l'une de l'autre, et parce que Jean de Bailleul dit lui-même que Bailleul-en-Vimeu était sa seigneurie patronymique. Nous disons que la pierre tombale de Bailleul-sur-Eaulne, de laquelle on a fait tant de bruit, n'est pas et n'a jamais été celle du roi d'Ecosse, parce que les armes qui y sont figurées ne sont pas les siennes, mais celles des seigneurs de Bailleul-sur-Eaulne, parce que sa femme s'appelait Isabelle et non Jeanne, parce qu'elle n'avait aucun frère portant la qualification de roi ni le prénom d'Edouard, parce qu'enfin le roi d'Ecosse ne mourut pas le 10 avril 1319 ou 1321, mais à la fin de l'année 1314, c'est-à-dire cinq ou sept ans auparavant, selon que l'on voudra adopter l'une ou l'autre de ces deux dates.

III.

Nous avions, au commencement de ce travail, divisé nos adversaires en deux catégories, les érudits désintéressés pour eux-mêmes, et les familles personnellement intéressées dans la question. Le plus facile reste donc à faire, car, par nos recherches et comme on le verra plus loin, la généalogie de la maison de Bailleul-en-Vimeu sera désormais parfaitement établie. Notre devoir est tout tracé : Il s'agit seulement de reprendre une à une les prétentions des diverses familles de Bailleul, d'en peser la valeur, et de rechercher le lien authentique, la pièce incontestable par lesquels ces familles veulent se rattacher au roi d'Ecosse. Nous savons bien tout ce qu'une semblable recherche a de délicat, mais Jean de Bailleul est un personnage historique ; comme tel il appartient à l'historien dont le droit incontestable est de le dégager de toutes les erreurs qui s'attachent à lui, à sa vie, à sa mort, à sa famille, comme on nettoierait un arbre vigoureux des plantes parasites qui l'entourent et qui tendraient, tôt où tard, à le faire disparaître ou à l'étouffer.

Nous avons dit que le nombre des familles du nom de Bailleul était très-considérable en France. On en jugera par le tableau qui suit. Si chacune de ces familles, dont il n'existe plus que fort peu, avait réclamé Jean de Bailleul, il en résulterait qu'elles seraient toutes sorties de la même souche, et il faut convenir qu'il eut été bien vigoureux l'arbre qui aurait produit autant de rameaux. Il n'en est rien, fort heureusement, et si toutes ont eu quelques prétentions, elles les ont gardées pour le coin du foyer, pour l'intimité de la vie où nous n'avons pas le droit de pénétrer : Quatre familles seulement les ont officiellement formulées, mais en les justifiant si peu qu'elles ne mériteraient même pas un sérieux examen. Il a donc existé, tant en France que dans les provinces de la Belgique les plus voisines de la France, les dix-neuf familles suivantes du nom de Bailleul :

— Bailleul. — Normandie, généralité d'Alençon: d'hermines à la croix de gueules.

— Bailleul. — Normandie, élection de Montivilliers : d'argent à la fasce de gueules accompagnée de trois mouchetures d'hermines de sable.

— Bailleul. — Normandie, élection de Domfront : d'or à trois écussons de gueules.

— Bailleul. — Normandie : d'argent à la quintefeuille de sable.

— Bailleul. — Normandie, pays de Caux : de gueules semé de croix recroisetées au pied fiché d'argent, à la croix ancrée de même sur le tout.

— Bailleul. — Normandie : parti d'hermines et de gueules.

— Bailleul. — Artois : de vair à trois pals de gueules.

— Bailleul. — Artois : de gueules à trois coquilles d'argent.

— Bailleul. — Artois : d'azur fretté d'or.

— Bailleul. — Artois : d'argent à la bande de gueules.

— Bailleul. — Flandre : de gueules au sautoir de vair.

— Bailleul, dit Aigneux. — Flandre : de gueules au chef d'argent.

— Bailleul-Doresmeaux. — Flandre : écartelé d'argent et de sable.

— Bailleul. — Hainaut : de vair à deux chevrons de gueules.

— Bailleul-St-Maclou. — Ile-de-France : d'argent à la fasce de gueules accompagnée de trois mouchetures d'hermines de sable.

— Bailleul. — Maine : d'argent à trois têtes de loup de sable, arrachées et lampassées de gueules.

— Bailleul. — Bourgogne : d'azur à la fasce d'or accompagnée de trois étoiles de même.

— Bailleul. — Bourgogne : d'or à deux fasces de gueules.

— Bailleul ou Bayol. — Provence : d'azur au croissant d'argent abaissé sous deux colombes se becquetant de même, et en chef un lambel de gueules.

Les quatre familles qui se disaient issues de Jean de Bailleul, ou de la même race que lui, sont : 1° celle de Bayol en Provence ; 2° l'une de celles de Bailleul en Artois ; 3° celle de Bailleul en Hainaut ; 4° enfin la seule famille de Bailleul qui existe encore aujourd'hui en Normandie et qui a compté parmi ses membres des présidents au parlement de Normandie, et deux grands-louvetiers de France en 1655 et 1683.

Les Bayol de Provence (1) tirent leur origine d'un Raymond de Bayol, né à Glascow et marié à Marseille en 1208 avec Blanche de Berre. Il est le premier degré d'une filiation suivie et continuée jusqu'à la fin du xviiie siècle, à l'époque à laquelle La Chénaye-Desbois publiait son dictionnaire. La date du mariage de Raymond prouverait qu'il avait dû naître vers 1180. Or, le premier Bailleul du Vimeu que l'on trouve en Angleterre et en Ecosse, est Hugues, en 1214, et comme il n'y était que temporairement et sans établissement

(1) La Chenaye-Desbois, t. II.

durable, comment expliquerait-on la naissance d'un de ses parents à Glascow, vingt-quatre ans auparavant? Comment cette maison expliquerait-elle en outre le mariage de Raymond à Marseille, lorsque pas un des Bailleul du Vimeu ne quitta le Ponthieu que pour l'Angleterre et réciproquement? Pourquoi enfin l'adoption d'armes si absolument différentes de celles des Bailleul du Vimeu, où l'on ne retrouve non-seulement aucune des pièces mais aucun des émaux? — La généalogie des Bailleul-en-Vimeu contredit formellement cette assertion et ne laisse place pour aucun personnage du nom de Raymond, lequel, en outre, aurait eu la singulière fantaisie de donner une tournure anglaise à son nom lorsque les autres Bailleul n'avaient cessé de lui conserver l'orthographe et la prononciation française.

Le cas des Bailleul d'Artois est à peu près analogue. Dans les différents ouvrages qui parlent d'eux, notamment dans le Nobiliaire des Pays-Bas de Végiano, sieur d'Hovel, et dans l'Histoire de la maison de Mailly, leur filiation n'est établie que depuis le commencement du XVIe siècle. La meilleure preuve du peu de confiance que l'on doit avoir dans les prétentions de cette famille, est la lecture de la liste des personnages qui n'ont pu trouver place dans la généalogie suivie, et qui la précèdent. On y retrouve tous les membres marquants des diverses familles de Bailleul que ceux-ci se sont généreusement attribués, prenant à droite et à gauche et arrivant ainsi à se constituer pour les XIIIe et XIVe siècles une série de remarquables illustrations. Le procédé doit donner à réfléchir, et quand on aura ajouté que les Bailleul se bornent à dire que « le roi d'Ecosse était de même nom et armes qu'eux » et qu'ils produisent à l'appui leur écusson : *d'argent à la bande de gueules*, il serait inutile d'aller plus loin et l'on peut dire que ceux-là se sont fait justice à eux-mêmes.

Les Bailleul du Hainaut ont été l'objet d'un travail assez étendu de dom Caffiaux, le savant collaborateur de dom Grenier, historiographe de Picardie (1). Sous le titre de Recherches, dom Caffiaux a dressé une généalogie appuyée sur la plupart des degrés de pièces justificatives et qui, au premier abord, offre un aspect séduisant et sérieux. Il n'en est plus de même quand on s'attache au détail, et dom Caffiaux, si précis et si consciencieux d'ordinaire, a fait ici, il faut bien le dire, preuve d'une légèreté et d'une négligence incroyables. Pour mieux détruire son système il est bon de placer sous les yeux du lecteur l'arbre généalogique tel qu'il le comprend et tel qu'il l'a dressé. Nous relierons par des traits les degrés qui se suivent incontestablement, et seulement par une ligne de points ceux que le bénédictin s'efforce, mais en vain, de rattacher les uns aux autres :

(1) Bibl. imp. Cab. des titres. Généalogies de dom Caffiaux, A-B, t. 1, p. 23.

1 — Guy de Bailleul, chevalier,
en 1047.

2 — Imbert de Bailleul, chevalier,
en 1074.

3 — Baudoin de Bailleul, chevalier,
en 1096.

Ancel de Bailleul, chevalier,
en 1145.

4 — Baudoin de Bailleul, chevalier,
Euphémie de Saint-Omer, sa femme,
(1129-1145).

Hugues de Bailleul, chevalier,
Emme Gohier, sa femme,
en 1129.

Marguerite de Bailleul.

Milesende de
Bailleul.

5 — Gérard de Bailleul, chevalier,

Oston de
Bailleul.

Adelis de
Bailleul,
dame de
Comines.

Mathilde de
Bailleul, abbesse
de Warenwiller,
en Angleterre.

Raoul de Bailleul,
en 1222.

6 — Baudoin de Bailleul, chevalier,
Mabille de Bourbourg, sa femme,
en 1172.

7 — Baudoin de Bailleul, chevalier.

Gérard de Bailleul,
en 1198.

8 — Henri de Bailleul, chevalier,
en 1197

Aléxandre de Bailleul,
roi d'Ecosse,
Marie de Coucy, sa
femme, en 1239.

9 — Jacques de Bailleul, chevalier,
auteur des Bailleul du
Hainaut.

Gérard de
Bailleul.

N.... de Bailleul,
femme de N....
de Beaumetz.

Aléxandre de Bailleul,
roi d'Ecosse.

10 —

Telle serait, selon dom Caffiaux, l'origine et la généalogie de la maison de Bailleul qui a donné deux rois à l'Ecosse. Suivons le pas à pas et que l'on ne croie pas que ces interruptions réitérées dans l'arbre généalogique soient un effet de notre imagination. C'est Dom Caffiaux lui-même qui l'écrit et c'est avec ses propres armes que nous allons le battre. Guy de Bailleul, dit-il, eut « peut-être » pour fils Imbert de Bailleul, lequel eut « peut-être » pour fils Baudoin de Bailleul, qui, à son tour fut « peut-être » père de Baudoin, de Hugues et d'Ansel. Plaisante manière, on en conviendra, de dresser une généalogie ! Sur ces trois degrés dom Caffiaux donne trois actes établissant l'existence des individus, mais sans aucun lien qui les rattache. N'est-il pas plus simple de supprimer ces trois degrés et de commencer par le quatrième, par Baudoin II, qui, lui, eut incontestablement six enfants : L'aîné des fils nous ramène aux hypothèses : lui aussi eut « peut-être » pour fils Baudoin III, père de Baudoin IV, lequel fut père de Henri de Bailleul, chevalier. Ceci est prouvé et incontestable, mais pourquoi, puisqu'il existe encore une lacune entre Gérard de Bailleul et Baudoin II, ne pas faire commencer la filiation par ce dernier, c'est-à-dire par le sixième degré, et en faisant complète abstraction des cinq autres ? Il faudrait dire alors : 1er degré, Baudoin I (au lieu de III), 2me degré, Baudoin II (au lieu de IV) et 3me degré, Henri de Bailleul en 1197. Mais, au moment où l'on croit le terrain reffermi, il manque tout à coup sous les pieds et l'on retombe aussi bas qu'auparavant. En effet, Henri de Bailleul eut « peut-être » pour enfants : 1° Jacques, auteur de la branche qui s'est perpétuée dans le Hainaut et qui a porté de vair à deux chevrons de gueules ; 2° Alexandre « peut-être » frère de Jacques, auteur des rois d'Ecosse et roi d'Ecosse lui-même. »

Il résulte naturellement de la rédaction de dom Caffiaux qu'il ne sait de qui était fils Jacques de Bailleul, auteur, selon lui, des Bailleul du Hainaut. Carpentier (1) paraît aussi mal ou peu informé sur cette famille qui, pourtant, joua dans sa province un role considérable au moyen-âge, qui, de toutes les familles de Bailleul du Nord, fut la plus illustre et la plus renommée, et dont la seigneurie patronymique était une des vingt-six bannerées du comté de Hainaut. Froissart parle avec les plus grands éloges des seigneurs de cette maison dont le cri de guerre « Moriamez » retentissait sur tous les champs de bataille du xɪvᵉ siècle, et dont il blasonne les armoiries, circonstance assez rare, honneur que le chroniqueur n'accorde qu'à un très petit nombre de personnages. A cette famille appartenait Robert de Bailleul qui épousa Marguerite de Coucy, vers 1270, et il ne faut pas chercher ailleurs le motif de l'erreur dans laquelle est tombé dom Caffiaux. Il a pris Alexandre II, roi d'Ecosse, pour un Bailleul, sur la foi de Du Chesne qui s'était complète-

(1) Hist. du Cambrésis, t. I, p. 152.

ment trompé lui-même (1). Cet Alexandre ayant épousé en 1239 Marie de Coucy en secondes noces, Du Chesne, et après lui dom Caffiaux, ont rapproché cette alliance avec les Coucy de celle contractée par Robert de Bailleul avec Marguerite de Coucy et ils ont fait un Bailleul d'Alexandre II, qui était réellement fils de Guillaume, dit le Lion, roi d'Ecosse, et descendait en ligne directe et par ordre de primogéniture du Macbeth immortalisé par Shakspeare. Il suffit, pour s'en assurer, d'ouvrir l'histoire d'Ecosse et de jeter les yeux sur le tableau généalogique dressé plus loin pour prouver que Jean de Bailleul était issu par les femmes de David, roi d'Ecosse. Jean déclare lui-même qu'il est fils d'un autre Jean de Bailleul (2), et, s'il réclame la coûronne, c'est comme ayant hérité des droits de sa mère. Il n'est donc pas le fils d'Alexandre, roi d'Ecosse, ni le petit-fils d'un autre Alexandre, roi d'Ecosse, car, dans ce cas, il leur aurait succédé directement et sans contestation, et n'aurait pas été obligé de faire constater ses droits par le roi d'Angleterre et l'Assemblée des barons écossais. Pour admettre l'opinion de dom Caffiaux, il faudrait arracher cent pages du recueil des actes des rois d'Angleterre dressé par Rymer, et

(1) Généal. de la maison de Coucy, in-f°.

(2) Il le dit plusieurs fois, dans la généalogie qu'il produit à l'appui de ses prétentions au trône, et dans une réclamation adressée par lui au roi d'Angleterre, en 1294, à propos de dons faits par le roi Henri Ier à « sire Jehan de Baliol, soun père. » (Rymer, t. I, part, 1, p. 129).

récrire sur de nouveaux frais cinquante années de l'histoire d'Ecosse. La généalogie dressée par lui ne peut non-seulement servir à Jean de Bailleul, mais elle ne peut même être utile aux Bailleul du Hainaut; car elle les rattacherait à Guy de Bailleul, vivant en Flandre en 1047, seulement à l'aide d'un arbre généalogique rompu en trois endroits par trois lacunes que dom Caffiaux essaie, sans y parvenir, de combler avec ce grand mot de « peut-être », inadmissible dans des sciences exactes comme celles de l'histoire et de la généalogie. La métamorphose d'Alexandre II et d'Alexandre III, rois d'Ecosse, en deux Bailleul, père et ayeul de Jean, malgré l'assertion formelle de Jean lui-même et malgré l'histoire, achève de faire justice d'un travail auquel le savant bénédictin aurait du craindre d'attacher son nom.

Voici ce que l'on écrivait au xviiie siècle. — Les rangs des prétendants à la parenté des rois d'Ecosse se sont bien éclaircis depuis, et l'on ne voit plus, de nos jours, qu'une seule maison, celle des Bailleul de Normandie, élever encore des prétentions à une communauté d'origine avec Jean et Edouard de Bailleul. Ces prétentions ne sont pas nouvelles, bien qu'un travail moderne et récemment publié les ait fait revivre (1). Blanchard, dans ses *Eloges des Présidents au Parlement de Paris*, les avait

(1) Nobiliaire de Normandie, par M. de Magny, t. I.

accueillies et y avait donné toute créance; c'est donc appuyée sur le témoignage de tous les écrivains normands proclamant et ayant proclamé à l'envie Jean de Bailleul comme leur compatriote, que cette nouvelle généalogie des Bailleul a fait son entrée dans le monde. Rien de plus sérieux ni de plus respectable au premier aspect que ce travail, mais aussi rien de plus facile à réfuter et à détruire. Le tort de cette généalogie, dont l'auteur du nobiliaire de Normandie (1) accepte la responsabilité, puisqu'il l'a signée, est de vouloir trop prouver; car alors, en justifiant le proverbe trop connu, elle arrive à ne rien prouver du tout. Nous ne lui chercherons pas querelle à propos des nombreux personnages du nom de Bailleul, « des principales illustrations » qui n'ont pu trouver place dans la filiation suivie, et qui, depuis 1028, embrassent une période de deux siècles. Il serait peut-être plus facile que l'auteur de la généalogie ne le croit, de savoir s'il n'a pas puisé généreusement ses « illustrations » parmi celles des quatre autres familles de Bailleul qui ont habité la Normandie: Ceci n'est pas de notre ressort, mais de celui des membres de ces diverses maisons, si elles existaient encore. Nous nous bornerons à démontrer que le roi d'Écosse est complètement étranger à cette famille de Bailleul, et c'est son généalogiste lui-même qui nous prépare le terrain et nous fournit des armes.

(1) M. de Magny.

Parmi les personnages marquants de cette famille de Bailleul, on compte incontestablement Charles et Nicolas de Bailleul, tous deux grands-louvetiers de France en 1655 et en 1683. La possession de cette haute dignité a été cause que le Père Anselme a inséré dans son précieux ouvrage une généalogie des Bailleul faite avec le soin scrupuleux et la bonne foi que l'on est obligé de reconnaître à l'auteur des Grands-Officiers de la couronne. M. le marquis Le Ver a été bien loin, trop loin même, en énonçant que l'auteur de cette maison, Pierre de Bailleul, avait été anobli le 3 février 1502 (1). Le Père Anselme ne pourrait nous aider à détruire cette assertion puisqu'il ne fait commencer la filiation qu'avec le même Pierre, qualifié écuyer dans un acte du 16 février 1507 ; mais, les longues recherches faites par nous pour dresser la liste des gentilshommes qui ont combattu à Azincourt, ont amené la découverte d'une pièce de laquelle il résulte d'abord que Macé et Henri de Bailleul, écuyers, furent à cette journée, le premier avec dix et le second avec douze écuyers, et ensuite qu'ils appartenaient à la famille de Bailleul encore existante puisque leurs sceaux offrent les mêmes armes : *Parti d'hermines et de gueules*. Ceci répond victorieusement à la phrase de M. Le Ver, et l'on n'aurait peut-être pas tort de dire que Pierre de Bailleul, inquiété pour sa noblesse et ne pouvant produire de titres

(1) Chambre des comptes, Regist. 9, f° 239.

justificatifs, à cause des désastres survenus au xve siècle en Normandie, aurait jugé plus prompt de prendre des lettres de noblesse en tant que besoin. Si donc le généalogiste des Bailleul allonge de trois degrés le travail du Père Anselme et fait commencer le sien avec Pierre de Bailleul, chevalier, vivant à la fin du xive siècle, c'est affaire à lui ; mais son excès de zèle l'a emporté trop loin et lui fait nuire à ceux auxquels il voulait se rendre utile. Il suffisait de classer purement et simplement Jean de Bailleul parmi ces « illustrations » qui ne remplissent pas moins de trois pages du préambule et il aurait dû laisser dans l'ombre le lien par lequel la famille de Bailleul prétend se rattacher au monarque picard. Devant ce silence calculé l'attitude d'un contradicteur eut été plus difficile. Mais il ne l'a pas compris et il démasque ses batteries dès le début de la filiation. Voici donc comment il prétend y rattacher Jean de Bailleul :

N... de Bailleul.

Jean ou Joscelin de Bailleul, qui alla à la même croisade.

Guillaume de Bailleul, qui alla à la croisade de 1270.

Enguerran de Bailleul, amiral de France, en 1285.

Jean de Bailleul, roi d'Ecosse.

Gilles de Bailleul, seigneur de Renouard.

Pierre de Bailleul, chevalier, avec lequel commence la filiation suivie des Bailleul de Normandie.

Nous pourrions, pour détruire ce système, renvoyer à tout ce qui précède ; mais il vaut mieux, au risque de se répéter, reproduire ici des preuves incontestables, et faire justice enfin d'une filiation si contraire à l'histoire et à la vérité. Nous le ferons sommairement.

Jean de Bailleul, dans la généalogie qu'il produit devant le roi d'Angleterre pour réclamer le trône d'Ecosse, dit qu'il est fils d'un autre Jean et non de Guillaume, qu'il est le quatrième des cinq fils de ce Jean et que ses trois frères aînés étant morts sans héritiers de leurs corps, c'est à ce titre et en leur lieu et place qu'il réclame les droits de sa mère, Dervégulde. Ses quatre frères se nommaient, toujours d'après Jean de Bailleul lui-même, Hugues, Alexandre, Alain et Thomas. Il n'est question ni d'Enguerran, ni de Gilles. Ceci est-il assez positif, et peut-on récuser le témoignage de Jean de Bailleul, d'autant plus désintéressé dans la question qu'il ne soupçonnait pas, à coup sûr, comment on défigurerait un jour l'histoire pour s'approprier son souvenir. Il est très possible que Pierre de Bailleul, qui forme le premier degré de la filiation suivie, soit fils de Gilles de Bailleul ; mais il est certain que Gilles n'était pas le frère de Jean, et il n'est pas moins certain qu'Enguerran, amiral de France en 1285, devenu un Bailleul sur la foi de quelques écrivains que nous récusons, n'appartenait pas à cette famille. Voici le chapitre que lui consacre le Père Anselme : « Enguerran, étoit amiral de la flotte du roi Philippe-le-

Hardy, en 1285, suivant Guillaume de Nangis, qui dit qu'il fut pris en un combat naval par les Arragonois. » Où a-t-on trouvé qu'il fut question ici de Bailleul, lorsque le Père Anselme se borne à désigner ce grand-officier par un simple prénom? Il ne faut pas perdre de vue que le livre du Père Anselme est officiel, écrit pour les familles, et qu'il aurait eu d'autant moins d'intérêt à taire le nom d'Enguerran s'il avait pu le découvrir, qu'il a inséré avec certains développements la généalogie des Bailleul à l'article des grands-louvetiers de France. C'est justement parce qu'il était historien sérieux et consciencieux qu'il s'est bien gardé de rien emprunter au travail de Blanchard, et que, ne disant pas que les Bailleul fussent nobles avant le XVIe siècle, il n'a pas prononcé le nom du roi d'Ecosse. Pourrait-on supposer que si MM. de Bailleul avaient été en mesure de lui fournir les preuves de leur communauté d'origine avec Jean de Bailleul, ils auraient négligé de le faire? N'auraient-ils pas aimé à les voir insérées dans un livre qui, plusieurs fois remanié, a eu trois éditions successives, qui, commencé de publier en 1684 fut terminé en 1733, pour lequel on puisa dans les archives des intéressés, qui a dû, à ce titre, être l'objet de bien des préoccupations, de bien des ambitions, et où l'on devait regarder comme un insigne honneur de voir figurer son nom?

Sans entrer dans des considérations d'un autre ordre, nous nous en tenons aux preuves formelles, authentiques, indiscutables que nous venons de fournir. Non, Jean de Bailleul, roi d'Ecosse, n'a jamais appartenu à cette maison de Bailleul, pas plus qu'il n'a appartenu aux trois autres dont on a successivement discuté les titres. Il y a plus : le gentilhomme, du nom de Jean de Bailleul, qui repose dans l'église de Bailleul-sur-Eaulne, n'appartenait pas davantage à ces Bailleul de Normandie. De même que la généalogie produite par le roi d'Ecosse, subsiste comme un témoignage implacable, il reste aussi la pierre tombale et la verrière de Bailleul-sur-Eaulne, et sur cette pierre et sur cette verrière sont des armes, celles des seigneurs de Bailleul-sur-Eaulne « de gueules semé de croix recroisetées au pied fiché d'argent, à la croix ancrée de même brochante. » Cela ressemble-t-il à l'écu « parti de gueules et d'hermines » dont les ancêtres des Bailleul de Normandie scellaient leurs actes dès les premières années du xve siècle ?

Il est donc définitivement certain, prouvé et incontestable que le roi d'Ecosse était des Bailleul du Vimeu, c'est-à-dire Picard, du Ponthieu, ou, pour mieux dire, du Vimeu ; que sa race disparut avec le xive siècle, et que personne aujourd'hui n'a le droit de greffer sur son arbre généalogique cette couronne royale qui, pour Jean et pour Edouard, son fils, fut plutôt une couronne d'épines. C'est désormais un fait acquis à l'histoire ; et après avoir terminé en publiant, comme preuve suprême, la généalogie inédite et inconnue jusqu'alors de Jean de Bailleul, il nous restera la satisfaction d'avoir contribué à réparer une grande injustice, d'avoir le premier porté la lumière dans un coin de nos annales obscurci peut-être à dessein, d'avoir enfin restitué à notre province de Picardie une illustration qui lui appartient et dont elle seule a le droit d'être fière. — Il faut rendre à César ce qui est à César.

IV.

Le village de Bailleul-en-Vimeu, qui a aujourd'hui une population de 1000 habitants, fait partie du canton de Hallencourt, Somme. Il est placé à mi-côte du vallon vers l'extrémité duquel se trouve le hameau de Bellifontaine et qui vient, couronné à droite par les hauteurs du camp romain de Liercourt, s'ouvrir sur la vallée de Somme, en face des tours du château de Pont-Remy. Au sommet du versant droit de ce vallon dont il suit les sinuosités, est le bois de Bailleul au milieu duquel des retranchements gazonnés et de vastes fossés déterminent l'emplacement qu'occupa le château. C'est là que s'éleva la demeure des ancètres de Jean de Bailleul. Donnèrent-ils leur nom à cette forteresse où le reçurent-ils d'elle? Tel est le problème presque insoluble que l'on est obligé de se poser avec toutes les maisons d'ancienne chevalerie ; quoique certains écrivains veuillent accorder aux villages la prééminence sur les familles. — Quoiqu'il en soit, le château de Bailleul, important comme siège d'une vaste châtellenie et par l'étendue de ses fortifications et de son enceinte, n'a joué dans l'histoire de la Picardie qu'un rôle très secondaire, presque effacé. Il n'en faut pas chercher le motif ailleurs que dans l'assiette de la forteresse qui, suffisante pour la sûreté du seigneur et de sa famille et pour la protection de ses vassaux, en rendait la position presque insignifiante au point de vue stratégique dans les guerres d'invasion ou dans les guerres civiles. La seule mention qui en soit faite dans nos annales est à propos de la marche de l'armée anglaise à travers le Vimeu pour se rendre à Azincourt. Monstrelet dit que le roi Henri V y coucha la nuit du 13 au 14 octobre 1415, après avoir vainement essayé de traverser la Somme au-dessus et au-dessous d'Abbeville (1). Furieux de ces vaines tentatives et jugeant sa perte à peu près certaine, le roi ne voulait pas du moins succomber sans laisser de lui de terribles souvenirs sur son passage et il incendiait tous les villages qu'il trouvait sur son chemin pendant le jour, et ceux où son armée avait campé pendant la nuit. Il est à peu près certain que le monarque anglais paya de cette monnaie l'hospitalité forcée que le

(1) Chron. de Monstrelet, liv. I, ch. 152,

château de Bailleul lui avait donnée, et que sa destruction fut consommée le 14 octobre 1415. Il n'appartenait d'ailleurs déjà plus à la famille qui l'avait fait édifier. — On ne sait rien de plus sur lui. Les forteresses voisines, Pont-Remy, Mareuil, Eaucourt, ont eu une meilleure destinée. Placées dans la vallée de la Somme ou sur ses deux versants, et, par conséquent, sur le passage des armées dont elles auraient pu gêner les opérations, elles étaient prises et reprises à chaque instant, et si, comme Bailleul, elles n'ont laissé d'autres traces que quelques talus gazonnés que le temps efface rapidement, leurs noms et les exploits dont elles ont été le théâtre survivront du moins dans l'histoire.

Geoffroy de Bailleul est le premier personnage de ce nom dont l'histoire fasse mention. Il figure, avec beaucoup d'autres gentilshommes du Vimeu et du comté d'Eu parmi les témoins de la fondation de l'abbaye du Tréport par Robert, comte d'Eu, en 1036 (1). Ce prénom de Geoffroy n'est pas commun parmi les familles de notre pays, et il faut remarquer qu'il se reproduit deux fois en deux siècles dans la même maison. Quoique notre opinion soit formée sur le droit qu'aurait eu la famille de Bailleul-en-Vimeu de réclamer ce personnage comme l'un des siens, l'on n'insistera pas sur ce point, à cause de ce fait,

(1) Archives de l'abb. du Tréport.

que le Tréport étant à peu près à égale distance de Bailleul-en-Vimeu et de Bailleul-sur-Eaulne, le comte d'Eu aurait pu convoquer aussi bien un seigneur de Bailleul-sur-Eaulne à valider par son sceau et par sa présence sa pieuse fondation. Il n'en est pas de même du suivant avec lequel commence incontestablement la filiation suivie et prouvée des seigneurs de Bailleul-en-Vimeu.

I. Guy de Bailleul, chevalier, sire de Bailleul-en-Vimeu, vivant en 1090, et encore en 1100, suivit Guillaume le Conquérant en Angleterre ou y alla chercher fortune sous Guillaume Le Roux qui lui donna les seigneuries de Stokesley, de Bywell, de Teesdale-Forest et de Marswood, et les manoirs de Middleton et de Gainsford dans le Northumberland (1). Il ne faudrait pas croire pour cela que Guy fut devenu sujet du roi d'Angleterre et ait établi sa résidence dans ce pays. Il resta français au contraire, comme ses successeurs, et continua à habiter le Vimeu où ceux-ci ne prirent jamais d'autre qualification que celle de leurs seigneuries françaises. Il ne faudrait pas aller bien loin pour en trouver d'autres exemples. La maison de Saint-Valery, l'une des plus illustres de toute la Picardie, était dans le même cas. Apanagée de domaines princiers en Angleterre, ses membres ne quittèrent

(1) Nobil. de Normandie, par O'Gilvy, t. I, p. 80. — Londres, 1860. — Baronica anglica concentrata, by sir T. C. Banks, bart. t. I, p. 114.

que temporairement leur château de Saint-Valery, et ne changèrent ou n'altérèrent jamais leur nom patronymique: Ainsi firent les seigneurs de Riencourt, pour n'en pas citer d'autres. — Guy de Bailleul eut trois fils et une fille :

1° Hugues de Bailleul, qui suit ;

2° Guy de Bailleul, chevalier, qui épousa une dame noble du nom de Denise ou Dionisia, et n'eut pas de postérité ;

3° Goscelin de Bailleul, chevalier : paraît avoir résidé en Angleterre, et fut sans doute apanagé par son père d'un des manoirs que celui-ci devait à la libéralité de Guillaume Le Roux. Il fut, en tout cas, l'auteur d'un court rameau dont les alliances furent exclusivement choisies parmi les grandes maisons d'Angleterre. Le seul fils qu'on lui connaisse, A, Enguerran de Bailleul, chevalier, eut un fils, B, Eustache de Bailleul, chevalier, qui épousa Agnès de Percy, fille de William, IIIe baron Percy, et d'Alice de Tunbridge, et une fille, C, Hélène, alliée à William Percy, fils d'Henry Percy et d'Isabelle Bruce, de l'illustre maison de laquelle sont sortis les ducs de Northumberland (1).

(1) The Peerage of England, by Arthur Collins, vol. II, p. 298. — Peerage and baronetage of English Empire, by sir Bernard Burke, Ulster king of arms, p. 802.

(Armes : *d'azur à cinq fusées d'or accolées en fasce*).

D'EUSTACHE DE BAILLEUL et d'Agnès de Percy naquit seulement, D, ENGUERRAN DE BAILLEUL, qui mourut sans postérité.

4° HAWISE DE BAILLEUL, dont on ne connaît pas l'alliance.

II. HUGUES DE BAILLEUL, chevalier, sire de Bailleul-en-Vimeu : On ignore le nom de sa femme, mais il est certain qu'il eut pour fils Eustache et Bernard. Le fait est prouvé par deux pièces, l'une, dont la date, qui est celle de la fondation de l'abbaye de Sery, est fixée approximativement à l'an 1130, et l'autre de l'an 1138, sans indication de mois ni de fête de saint qui permette de rétablir le jour où elle fut écrite. Vers 1130 donc, Hugues de Bailleul et Eustache, son fils, souscrivirent la charte par laquelle Guillaume de Cayeu, fils de feu Anseau de Cayeu, fonda l'abbaye de Sery de l'ordre des Prémontrés, après la mort de son père, et la dota de plusieurs grands biens (1). La deuxième pièce, qui sert en même temps pour le degré suivant, constate que Hugues avait aussi pour fils Bernard, et, comme celui-ci est, dès 1138, possesseur du château et de la seigneurie de Bailleul-en-Vimeu, il est supposable qu'Eustache était le fils puîné de Hugues, ou, que s'il était l'aîné il était mort avant

(1) Cartul. de Sery, f° 1.

1138 sans postérité, laissant la place et la succession paternelle à Bernard. Hugues de Bailleul eut donc pour fils :

1° Eustache de Bailleul, sans postérité ;

2° Bernard de Bailleul, qui suit.

III. Bernard de Bailleul, chevalier, sire de Bailleul-en-Vimeu et de Hélicourt. — Du consentement de sa femme, Mathilde, de ses quatre fils, repris ci-dessous, et de sa fille, il céda au monastère de Cluny quelques autels qu'il avait hérités de ses ancêtres, et que, comme eux, il possédait injustement en qualité de laïque : Ces autels étaient ceux de Dompierre, de Tours, de Bailleul, de Ramburelles et d'Allenay (1). Cette concession est seulement datée de 1138, sans indication de jour ni de mois, mais elle n'est pas moins très-précieuse, car elle permet de rétablir authentiquement deux degrés de la filiation. Bernard de Bailleul n'habita pas seulement le Vimeu : il vécut aussi dans ses possessions anglaises ; il y était notamment en 1137, lorsque le roi Etienne le députa à David, roi d'Ecosse, pour le détourner de son projet d'envahir l'Angleterre (2). On le retrouve en Vimeu, en 1160, fort âgé sans doute, et souscrivant avec Bernard, son fils aîné, l'échange par lequel l'abbé de Forêtmontier céda au prieur de Biencourt des biens à Hélicourt contre

(1) Cartul. de Cluny. — Collect. des Chartes de Moreau, vol. 58, f°s 26-27. — Bibl. imp. mss.

(2) Collins Peerage, Généal. de Percy, t. I.

d'autres à Arrest et à Regnière-Ecluse (1). De ces deux documents il résulte que Bernard eut de Mathilde, sa femme :

1° BERNARD DE BAILLEUL, qui suit ;
2° ENGUERRAN DE BAILLEUL ;
3° GUY DE BAILLEUL ;
4° EUSTACHE DE BAILLEUL ;
5° HALWIDE DE BAILLEUL.

IV. BERNARD DE BAILLEUL, chevalier, sire de Bailleul-en-Vimeu, de Dompierre et de Hélicourt. — Il figura avec son père dans l'échange de 1160, et fut témoin, en 1170, d'une charte par laquelle Guy, comte de Ponthieu, accorde à Guillaume d'Aumale le droit « d'acheter, de vendre et ses coutumes libres » dans toute l'étendue dudit comté (2). Il donna par charte, vers l'an 1180, aux templiers de Fieffes-en-Ponthieu, une partie de la forêt de Grégny qui, du nom de l'ordre, fut appelée plus tard le bois Saint-Jean (3). On lui donne pour femme Agnès de Picquigny (4), (*fascé d'argent et d'azur à la bordure de gueules*), de laquelle il eut :

(1) Archives de l'abb. de Marmoutiers, prieuré de Biencourt, liasse 1, livraison 1re.

(2) Cartul. de Ponthieu, f° 54. — Bibl. imp. mss.

(3) Arch. de l'Empire, section administrative, S, 5059, 1er Cartul. de la commanderie de Fieffes, f° 6, r°.

(4) Dugdale, Baronetage, et Baronica anglica concentrata, par sir T. C. Banks, bart. t. I, p. 114.

1° HUGUES DE BAILLEUL, qui suit ;

2° BERNARD DE BAILLEUL, vivant en 1212 ;

3° EUSTACHE DE BAILLEUL, vivant en 1200 avec sa femme, veuve de Robert Fitz Piers (1) ;

4° ENGUERRAN DE BAILLEUL, qui paraît avoir habité l'Ecosse, car il fut l'un des ambassadeurs envoyés par le roi de ce pays au roi d'Angleterre, en mai 1215 (2) ;

5° HENRI DE BAILLEUL, chevalier, grand-chambellan du royaume d'Ecosse : Il était au nombre des barons et grands-officiers écossais qui assistèrent à la signature de la paix jurée entre Henri III, roi d'Angleterre, et Alexandre II, roi d'Ecosse, en 1237 (3). Henri avait épousé Laure ou Lora de Valoniis ou de Valognes, fille de Philip de Valoniis, lord de Panmure, grand-chambellan d'Ecosse : (Armes : *d'argent à trois pals ondulés de gueules* (4). Il mourut en 1246, laissant un fils :

A. ALEXANDRE DE BAILLEUL, chevalier, seigneur de

(1) Dugdale, Baronetage, et Baronica anglica concentrata, par sir T. C. Banks, bart. t. I, p. 114.

(2) Rymer, t. I, part. I.

(3) Rymer, t. I, part. II.

(4) The Peerage of Scotland, by sir Robert Douglas, t. 2, p. 349.

Caverez (*sic*), grand-chambellan du royaume d'Ecosse (1). — Edouard Ier, roi d'Angleterre, l'ayant convoqué pour la guerre, Alexandre III, roi d'Ecosse, l'excusa par une fort curieuse lettre à Edouard, dans laquelle il dit qu'Alexandre de Bailleul est occupé à délivrer les propriétés de Jeanne d'Athole des brigands qui les infestaient. Il assista, le 21 novembre 1292, à la prestation du serment de fidélité de Jean de Bailleul, roi élu d'Ecosse, au roi d'Angleterre (2). Il était le cousin au troisième degré de Jean, et celui-ci le maintint dans ses fonctions de grand-chambellan qu'il remplissait encore en 1294. — Alexandre fut père de

Guy ou Guillaume de Bailleul (3), qui figurait parmi les principaux barons d'Ecosse, en 1303, et qui, avec plusieurs autres, fut condamné à une forte amende, le 15 octobre 1305, pour s'être révolté contre le roi d'Angleterre (4).

6° Enor de Bailleul, femme de Hugues de Fontaines, chevalier, sire duditlieu, Long, Longpré

(1) Baronica anglica concentrata, by sir T. C. Banks, bart. t. I, p. 114.

(2) Rymer, t. I, part. III.

(3) Parkins, Topography of Freebridge, County of Norfolk, p. 50.

(4) Rymer, t. I, part. IV.

et la Neuville-au-Bois, en 1205 (1). (Armes : *d'or à trois écussons de vair*).

On trouve à cette époque un SIMON DE BAILLEUL dont le sceau : *de.... à un écu en abime de....* est attaché à une charte d'Etienne, chapelain du Translay, relative à des biens à Gousseauville, donnés à l'abbaye du Val, en 1229 (2). (Sceau rond de 4 millimètres ; légende : « ✝ S. SIMONIS DE BALLEL). » On ignore à quel degré Simon était parent de Bernard et de ses enfants, mais qu'il ait appartenu à la même maison, cela n'est pas douteux ; son écusson le prouve suffisamment.

V. HUGUES DE BAILLEUL, chevalier, sire de Bailleul-en-Vimeu, de Dompierre et de Hélicourt, et lord de Bernard-Castle en Angleterre, souscrivit la charte par laquelle Rorgon de Beauchamp donna à l'abbaye du Lieu-Dieu l'aunoie où elle était construite, au mois de novembre 1195 (3). Il était au nombre des barons d'Ecosse auxquels le roi d'Angleterre annonça, au mois de mai 1214, qu'il y avait trêve entre lui et les barons révoltés (4). Il confirma au mois de janvier 1226 l'acte par lequel Hugues de Brimeu, chevalier, promit de faire hommage à l'abbaye

(1) Généal. de Fontaines, dans La Chénaye-Desbois.

(2) Archives de l'Empire, S, 4185, nº 47.

(3) Arch. de l'abb. du Lieu-Dieu, liv. I, liasse 1.

(4) Rymer, t. I, part. I.

de Saint-Josse pour la dîme de Grobermaisnil, après la mort d'Eustache, son frère (1).

Hugues de Bailleul avait épousé N... de Fontaines, sœur de son beau-frère Hugues de Fontaines, et fille d'Aléaume de Fontaines, chevalier, sire dudit lieu, Long, Longpré, La Neuville-au-Bois, et de Lorette de Saint-Valery. (Armes : *d'or à trois écussons de vair*). Cette union eut lieu avant 1210, et elle est prouvée par un titre de cette époque, une donation faite par Hugues au chapitre de Longpré, de son vivier et pêcherie de Courchon qui lui appartenaient comme faisant partie de la dot de sa femme, fille de « sa très-honorée dame et mère Lorette de Saint-Valery (2). » — Hugues de Bailleul mourut avant 1237, laissant cinq fils et une fille :

1° Jean de Bailleul, qui suit ;

2° Hugues de Bailleul, chevalier, seigneur de Hélicourt ; il amortit, en 1240, sept journaux de terre au val de Friville, que depuis près de soixante ans Guillaume Maupin avait donnés à l'abbaye de Sery (3). Il vivait encore en 1282 et ratifie alors la fondation d'une chapelle à Longuemort ; dans cet acte il est dit oncle de Jean de Bailleul qui y figure avec

(1) Nouveau Cartul. de Saint-Josse.

(2) Généal. de Fontaines, La Chénaye-Desbois, t. VI, p. 488.

(3) Cartul. de Sery, f° 45, v°.

lui, et ce Jean n'était autre que le futur roi d'Ecosse (1). On ne trouve plus aucune trace de Hugues de Bailleul après cette époque ; il est seulement certain qu'il ne tarda pas à mourir sans héritiers, laissant ses biens à son neveu Jean, le chef de la maison. Comment, sans cela, la seigneurie de Hélicourt dont Hugues avait été apanagé, aurait-elle fait retour à Jean de Bailleul qui la possédait déjà le 28 octobre 1295, quand il signait le projet de mariage de son fils ?

3° Enguerran de Bailleul, chevalier ; il donna, le 1er octobre 1270, quittance de « 300 livres de petits tournois » qu'il avait reçus du roi pour prendre part à la Croisade « en lost devant Cartaige. » Dans cette pièce il s'intitule « Engourrans de Balluel, chevalier. » Son sceau, rond, de 0 m 22 millimètres de diamètre, porte : *d'hermines à l'écu de.... (gueules) :* de la légende on lit encore « ......*ngerrani de Bailliolo* (2). » — Il était au nombre des barons convoqués par le roi d'Angleterre pour servir dans l'armée envoyée contre les Gallois, le

(1) Cartul. de l'évêché d'Amiens, f° 92.

(2) Archives de l'Empire, J, 475, n° 77, et n° 1269 de la Collect. de Sceaux.

6 avril 1282, et parmi ceux qui lui conseillaient de marier son fils aîné avec Marguerite de Norwège, héritière du royaume d'Ecosse;

4° Bernard de Bailleul, prêtre, desservant de Gainsford, dans le comté de Durham;

5° Eustache de Bailleul, chevalier; il était allé en 1264 dans le Nord « in partes boreales » avec son frère Jean de Bailleul, et il obtint avec lui du roi d'Angleterre, le 17 janvier 1265, un sauf-conduit pour se rendre auprès de lui (1). Il avait épousé Helwise de Livingston. (Armes : *d'argent à 3 quintefeuilles de gueules dans un double trescheur fleurdelysé de sinople*) (2). On ne trouve nulle part qu'il ait eu de postérité (3).

6° Ada de Bailleul, apanagée par son père de la terre de Stokesley: Elle épousa John Clavering, appartenant à une ancienne famille du nord de l'Angleterre, et mourut en 1251 (4). (Armes: *écartelé d'or et de gueules à la bande de sable brochante*) (5).

(1) Rymer, t. I, part. II.

(2) The peerage of Scotland, by sir Robert Douglas, t. II, p. 124.

(3) Baronica anglica concentrata, by sir T. C. Banks, bart. t. I, p. 114.

(4) Ibidem.

(5) Landed Gentry, by sir Bernard Burkes, Ulster King of arms, t. I.

VI. Jean de Bailleul, chevalier, sire de Bailleul-en-Vimeu, de Dompierre, d'Hornoy et de Hélicourt-en-Ponthieu, lord de Bernard-Castle, et seigneur de Stokesley, Fotheringay, Torkesey, Biwell, Wodehorn, Dryfeld, Kempeston et Totenham en Angleterre. — Il amortit, en avril 1237, dix-huit journaux de prés que Simon de Pierrecourt, chevalier, son vassal, avait vendus à l'abbaye du Lieu-Dieu (1). Il figure parmi les barons écossais qui assistèrent à la signature du traité de paix entre Henri III, roi d'Angleterre, et Alexandre II, roi d'Ecosse, en 1237. Au mois de juin 1242, à cause des possessions qu'il avait en Angleterre, il fut requis par le roi de le servir en armes contre le roi de France auquel il voulait déclarer la guerre. La position de Jean de Bailleul était fort délicate, car, à cause de ses seigneuries du Ponthieu il était aussi feudataire du roi de France, et quoiqu'il put faire, il fallait qu'il fut traître envers l'un de ses seigneurs. On ignore comment il tourna la difficulté, mais il est certain qu'aucune de ses seigneuries, ni en Angleterre ni en France, ne fut confisquée, et que ses bons rapports avec les deux souverains ne furent altérés en rien. — Au mois d'août 1246, Jean de Bailleul, comme seigneur suzerain, amortit le fief de Broutelette que l'abbaye du Lieu-Dieu avait acquis de Thomas, fils de Enguerran de Fricucourt, chevalier, et de Mahaut, sa

(1) Archives du Lieu-Dieu, tir. 1, liasse 1re.

femme (1). A la même époque et par une charte datée du même mois, il amortit encore cinquante journaux de terre que Geoffroy de Broutelle avait donnés à l'abbaye de Sery (2). Le 23 juillet 1253 il amortit tout ce que ses vassaux avaient vendu à l'abbaye de Sery au territoire d'*Octave* (?) (3)

Pendant une période de dix ans environ les annales du Ponthieu restent muettes sur le compte de Jean de Bailleul. Il y a donc pour la France une lacune qui ne peut être expliquée que par une résidence plus assidue en Angleterre et en Ecosse. Rymer nous a conservé la preuve que Jean de Bailleul était alors dans ses possessions d'Outre-Manche, et qu'il prenait une part active à toutes les intrigues qui agitaient l'Angleterre et l'Ecosse. En 1255 il fut nommé régent du royaume d'Ecosse avec Robert de Ross (4). Le roi d'Angleterre le choisit en 1259 pour être l'un des commissaires chargés de régler plusieurs points en litige avec le roi de France. Il lui adressa, le 1er août 1260, une lettre de convocation pour se trouver le jour de la Nativité en armes à Chester, lieu du rendez-vous de l'armée destinée à agir contre les Gallois. Jean fut enfin, le 16 novembre 1260, l'un des signataires de la convention par laquelle les rois d'Angleterre et d'Ecosse

(1) Archives du Lieu-Dieu, tir. 30, liasse 2.

(2) Cartul. de Sery, f° 44, v°.

(3) Cartul. de Sery, f° 23, v°.

(4) Hist. d'Angleterre, par Lingard, t. III, p. 137.

décidèrent que la reine d'Ecosse, fille du roi d'Angleterre, ferait ses couches dans son pays natal (1). Le même roi lui délivra un sauf-conduit, le 17 janvier 1265, pour lui et son frère Eustache de Bailleul, « venientes de partibus borealibus. »

La dernière pièce dans laquelle il soit fait mention de Jean de Bailleul est datée du mois de mars 1267. Hue de Vaudricourt, chevalier, était en guerre avec Drievon de Granssart, et leurs querelles ensanglantaient un petit coin du Ponthieu. La comtesse de Ponthieu, Jeanne de Castille, voulut mettre un terme à un si déplorable état de choses, et imposa son arbitrage et celui de « Jehans, sire de Bailluel. » Leurs efforts réunis terminèrent le différent par un mariage entre Pierrette de Vaudricourt, fille de Hue, et Wautier, fils de Drievon de Granssart (2). Si l'on ne savait déjà quelle haute position occupait Jean de Bailleul en Ponthieu et de quelle influence il y jouissait, cette charte en fournirait une preuve bien convaincante. Sa mort dut suivre de bien près cette conciliation si honorable pour lui : Elle eut lieu avant 1277, puisque le roi d'Angleterre requérait de sa veuve le service militaire et féodal, par procureur, dans l'armée qu'il allait envoyer contre les Gallois (3). — Jean de Bailleul avait épousé

(1) Rymer, t. I, part. II.

(2) Pap. de Dom Grenier, vol. supplémentaire 298, pièce 36, originale. — Aux Mss. de la Bibl. imp.

(3) Rymer, t. I, part. II.

en 1233, Derveguide de Galloway, (armes : *d'or à la fasce échiquetée d'azur et d'argent, à une bande engrêlée de gueules brochante, le tout dans un double trescheur fleuronné et contrefleuronné de gueules*), fille d'Alan, comte de Galloway, connétable d'Ecosse, et de Marguerite, fille aînée de David, comte de Huntingdon, frère puîné de Malcolm IV et de Guillaume le Lion, rois d'Ecosse (1). Dervegulde mourut en 1289 : de son union avec Jean de Bailleul étaient nés :

1° Hugues de Bailleul, chevalier, allié à Agnès de Valence, veuve de Maurice Fitz-Gérald, et fille de Guillaume de Lusignan, comte de Pembroke, qui prit le surnom de Valence et le transmit à sa postérité, et de Jeanne de Montchensey, comtesse de Pembroke (2). (Armes : *burelé d'argent et d'azur, les burelles d'argent chargées de dix merlettes de gueules, posées* 3, 2, 2, 2 *et* 1) (3). Hugues mourut en 1272, laissant un fils :

A Alexandre de Bailleul, mort sans postérité en 1279 (4).

(1) Peerage of Scotland, by sir Robert Douglas, t. I, p. 626.

(2) Baronica anglica concentrata, by sir T. C. Banks, t. I, p. 114. — Peerage of Scotland, by sir Robert Douglas, t. I, p. 614.

(3) P. Anselme, t. II, p. 81-82.

(4) History of Hertfordshire, by Chauncery.

2° Alexandre de Bailleul, lord de Chilham-Castle, dans le comté de Kent. — Il fut convoqué par le roi d'Angleterre pour servir contre les Gallois, au mois de décembre 1276 et en 1282 (1). Il était, le 5 février 1284, au nombre des barons qui promirent de recevoir et de reconnaître pour leur reine Marguerite, fille du roi de Norwège (2). Il mourut avant 1292, sans postérité, après avoir épousé 1° Isabelle de Chilham, fille de Richard de Chilham et de Roëse de Dover, et veuve de David de Strathbogie, ixe comte d'Athol. (Armes : *d'or au lion rampant de gueules*) (3) : 2° Eléonore de Génoise (4).

3° Alain de Bailleul, mort sans postérité avant 1279 ;

4° Jean de Bailleul, roi d'Ecosse, qui suit ;

5° Thomas de Bailleul, chevalier. — Il fut invité, avec sa femme, à assister au couronnement du roi et de la reine d'Angleterre, le 8 février 1308 (5). De sa femme, dont le nom est inconnu, il n'eut qu'une fille :

(1) Rymer, t. I, part. II.

(2) Ibidem.

(3) Peerage of Scotland, by sir Robert Douglas, t, I, p. 133.

(4) Baronica anglica concentrata, by sir T. C. Banks, t. I, p. 114.

(5) Rymer, t. I, part. IV.

A Chrétienne de Bailleul, alliée en 1285 à Enguerran de Guines, V^e^ du nom, seigneur de Coucy, La Fère, Marle, Oisy, Montmirail et Condé en Brie (1). (Armes : *fascé de vair et de gueules de six pièces*).

6° Marguerite de Bailleul, femme de John Cumyn, lord de Badenach.

7° Ada de Bailleul, alliée à William Lindsay, chancelier d'Ecosse et justicier du Lothian. (Armes : *de gueules à la fasce échiquetée d'argent et d'azur*) (2).

8° Cécilia de Bailleul, femme de John de Burgh ;

9° Marie de Bailleul, femme de N.... Multon (3).

VII. Jean de Bailleul, roi d'Ecosse, sire de Bailleul-en-Vimeu, Hélicourt, Dompierre et Hornoy, lord de Bernard-Castle, seigneur de Stokesley, Fotheringay, Torkesey, Biwell, Wodehorn, Dryfeld, Kempeston, Totenham, Lanark, Cade, Milldesley, Cunyngham, Hadington, etc.....

L'époque de sa naissance est inconnue, mais il serait assez rationnel de la fixer à 1250 environ, ce qui lui

(1) Hist. généal. des maisons de Guines, Ardres et Coucy, par Du Chesne, p. 254.

(2) Peerage of Scotland, by sir Robert Douglas, t. I, p. 372.

(3) Baronica anglica concentrata, by sir T. C. Banks, t. I, p. 114.

aurait donné soixante-cinq ans lors de sa mort. La première partie de sa vie fut assez obscure, ou, du moins, elle a été tellement éclipsée par la seconde que les historiens n'ont jamais pensé à en faire l'objet d'aucune recherche. Il est prouvé par plusieurs documents qu'il vécut en grand seigneur, comme son père, tantôt en Vimeu, tantôt en Ecosse et en Angleterre. En 1282, avec Hugues de Bailleul, son oncle, il ratifia, en qualité de seigneur suzerain, la fondation d'une chapelle à Longuemort par Jean et Philippe de Longuemort (1). On le trouve parmi les chevaliers convoqués par le roi d'Angleterre, le 6 avril 1282 et le 14 juin 1287, pour servir contre les Gallois. Il était aussi au nombre des barons écossais qui promirent, le 5 février 1284, de recevoir et de reconnaître Marguerite de Norwège pour leur reine. Le 12 avril 1291 enfin il fut convoqué pour faire le service militaire à Norham (2).

C'est avec l'année 1292 que commence la vie politique de Jean de Bailleul et que ses actes deviennent surtout justiciables de l'histoire et de la postérité.

Alexandre III, roi d'Ecosse, avait eu deux fils, David et Alexandre, et une fille, Marguerite, alliée à Eric, roi de Norwège. David et Alexandre étant décédés sans postérité, en 1285, la mort d'Alexandre III, le 16 mars

(1) Cartul. de l'Evêché d'Amiens, f° 92.

(2) Rymer, t. I, part. III.

1286, investit sa petite-fille Marguerite, fille de Marguerite et du roi de Norwège, de la couronne d'Ecosse. La vierge de Norwège, comme on l'avait surnommée, avait quitté son pays natal pour se rendre en Ecosse où l'appelaient les Etats du royaume, quand elle mourut dans une des îles des Orkneys, le 7 octobre 1290. Cette mort, par laquelle la ligne directe des anciens rois d'Ecosse se trouvait éteinte, laissait ouverte la succession au trône. Douze compétiteurs se présentèrent. Robert Bruce, Florent, comte de Hollande; John de Hastings, Jean de Bailleul, Patrick de Dumbar, comte de March; William de Ross, William de Vescy, Robert de Picquigny, Nicolas de Soules, Patrick Galythly, Roger de Mandeville et John Cumyn, lord de Badenach. L'un faisait dériver son droit d'un usurpateur, six d'enfants illégitimes, et deux d'une sœur de Guillaume le Lion: Quatre seulement avaient des titres sérieux comme étant issus de David, comte de Huntingdon, troisième frère du roi Guillaume: C'était Jean de Bailleul, Robert Bruce, lord d'Annandale, John Hastings, lord d'Abergavenny, et John Cumyn, lord de Badenach. Les trois premiers étaient issus des trois filles de David, comte de Huntingdon, mais avec cette différence que Jean de Bailleul et John Hastings n'étaient qu'arrière-petits-fils de David, tandis que Robert, plus âgé qu'eux, était son petit-fils : Quant à John Cumyn de Badenach, il n'était que le beau-frère de Jean de Bailleul dont il avait épousé l'une des sœurs, et sa prétention n'eut été sérieuse que si les deux seuls héritiers mâles de Dervégulde de Galloway, c'est-à-dire Jean de Bailleul et après lui Thomas de Bailleul, son frère, fussent morts. La question était de savoir si la couronne devait appartenir au représentant de la fille ainée, quoique plus éloigné d'un degré, ou à ceux des autres filles, plus rapprochés d'un degré. Pour l'intelligence de cette importante affaire il est nécessaire de mettre sous les yeux du lecteur le tableau de la filiation des quatre compétiteurs et de leur parenté respective avec la maison royale d'Ecosse.

- David, roi d'Écosse.
  - Henri, prince royal d'Écosse, mort avant son père. — Allié à Adeline de Warren.
    - David, comte de Huntingdon allié à Maud, fille de Hugues, comte de Chester.
      - John Le Scot, comte de Chester, mort sans postérité.
      - Marguerite, femme d'Alan, comte de Galloway.
        - Dervegulde, femme de Jean de Bailleul.
          - Marguerite de Bailleul, femme de John Cumyn, lord de Badenach.
          - Jean de Bailleul.
      - Isabelle, femme de Robert Bruce.
        - Robert Bruce, lord d'Annandale.
      - Ada, femme de Henri de Hastings.
        - Henri de Hastings.
          - John de Hastings, lord d'Abergavenny.
      - Maud, morte sans alliance.
    - Malcolm, roi d'Écosse, mort sans postérité en 1165.
    - William, roi d'Écosse, mort en 1214.
      - Aléxandre II, roi d'Écosse, mort en 1249.
        - Aléxandre III, roi d'Écosse, mort en 1285.
          - Aléxandre, prince royal d'Ecosse, mort avant son père.
          - David, prince royal d'Écosse, mort avant son père.
          - Marguerite, alliée en 1282 à Eric, roi de Norvège.
            - Marguerite de Norwège, morte le 7 octobre 1290, sans alliance.

Les compétiteurs ayant commis l'irréparable faute d'en appeler à la décision du roi d'Angleterre, Edouard saisit avec empressement l'occasion inattendue qui lui était offerte de s'assurer la suzeraineté de l'Ecosse et il convoqua les Etats du royaume à Norham, le 10 mai 1291. — Après avoir fait accepter ce principe aux Etats à la suite d'une délibération qui ne dura pas moins de quinze jours, le roi posa la même question aux prétendants à la couronne, et leur demanda s'ils étaient préparés à accepter son jugement comme celui du seigneur suzerain. Tous répondirent affirmativement, à l'exception de Jean de Bailleul qui était absent et s'était fait représenter par Thomas Randolf, « son chevalier. » Celui-ci prétendit, pour excuser Jean, que la convocation ne lui était pas parvenue à temps. Le jour suivant, 13 juin, Jean, ayant comparu, hésita lorsque la question lui fut posée, se retira pour consulter ses amis et enfin revint dire oui, mais sur le ton d'une visible contrainte. Lingard prétend qu'il jouait une comédie destinée à lui donner de suite de la popularité en Ecosse, pour le cas, très-probable, où le roi d'Angleterre serait favorable à ses prétentions. Ne serait-il pas plus sage, en rapprochant ce fait de la conduite de Jean devenu roi, de dire qu'il sentait vivement l'humiliation infligée par l'orgueil d'Edouard à l'Ecosse dans sa personne, et qu'en se préparant à ceindre son front du bandeau royal, il entendait que la phrase « par la grâce de Dieu, roi d'Ecosse, » dont il allait se servir, ne fut pas une vaine formule de chancellerie: En d'autres termes il songeait déjà à secouer le joug de l'Angleterre auquel ses compétiteurs avaient si imprudemment tendu le cou.

Le 5 juin, le roi Edouard leur fit signer à tous leur déclaration et il fut alors résolu qu'ils fourniraient leurs preuves à un conseil composé de quarante écossais choisis par Jean de Bailleul et par John Cumyn, quarante choisis par Robert Bruce et vingt-quatre anglais choisis par le roi. Berwick fut le lieu désigné pour les séances dont la première se tint le 2 août 1291 et la dernière le 17 novembre 1292. L'enquête et le travail de la commission n'avaient pas duré moins de dix-huit mois. Cumyn et Mandevill s'étaient retirés spontanément : Tous les autres avaient été écartés à l'exception de Jean de Bailleul, de Robert Bruce et de John de Hastings. Leur compétition avait soulevé une question de droit féodal dont la solution paraît avoir arrêté longtemps le conseil, bien que sa décision fut prise à l'unanimité. Bruce prétendait qu'étant plus rapproché d'un degré de David de Huntingdon que Bailleul et que Hastings, il devait leur être préféré, pour l'hérédité d'un royaume la prérogative de la primogéniture devant céder le pas à la proximité du sang. Jean de Bailleul soutenait qu'étant issu de la fille aînée de David et Bruce n'étant issu que de la fille cadette, en conséquence et suivant la coutume d'Angleterre et d'Ecosse, le royaume devait appartenir à sa mère Dervegulde, fille unique de la fille aînée de David, qui avait cédé ses droits à ses cinq fils ; or, Hugues, Alexandre et Alain de Bailleul, frères aînés de Jean, étant morts sans postérité, leurs droits passaient naturellement à Jean, le quatrième fils, ou à son défaut, à Thomas, le dernier de tous. La décision du conseil fut unanime en faveur de la primogéniture contre la proximité du sang, et Jean de Bailleul étant donc l'héritier direct et légitime, la couronne royale d'Ecosse lui fut solennellement adjugée, le 17 novembre 1292, par la commission siégeant à Berwick sur la Tweede (1). Deux jours après, le 19 novembre, Edouard Ier confirma le jugement de la commission, donna au nouveau roi la saisine de son royaume, prononça la dissolution de la régence et ordonna aux gouverneurs des divers villes et châteaux de l'Ecosse de résigner leur commandement entre les mains du roi élu.

Edouard s'était exécuté de bonne grâce, mais il n'était pas d'humeur à laisser oublier à Jean de Bailleul la chaine qu'il avait aidé lui-même à river, et dont une extrémité était entre les mains du prince anglais. Dès le 20 novembre, c'est-à-dire dès le lendemain même de la reconnaissance de ses droits par Edouard, Jean était obligé de lui prêter serment de féauté, ce qu'il fit en ces termes, au château de Norham : « Ceo oez, vous mon seigneur Edward, rey d'Engleterre, soverein seigneur du réaume

(1) Rymer, t. I, part. III, passim.

de Escoce, que je Johan de Baillol, rey de Escoce, vous fas féauté du réaume de Escoce, lequel je tiens et cleim tenir de vous : que je vous serrai léaus et féaus, et fey et léauté vous porterai de vie et de membre et de terrein honeur contre totes gens qui porront vivere et morir : e leaument conostrai, e leaument vous frai les services a vous deus du réaume de Escoce avantdit ; et ensi me eide Dieu, et ces seintes Ewangiles (1). »

Celà ne suffisait pas encore à Edouard et il obligea Jean à venir à Newcastle lui rendre hommage, le 26 décembre. La cérémonie fut faite selon l'usage accoutumé et Jean y prononça le nouveau serment qui suit : « Mon seigneur, mon sire Edward, rey d'Engleterre, sovereingn seigneur du réaume de Escoce, je Johan de Baillol, rey de Escoce, devien vostre homme lige de tot le réaume de Escoce ove les appartenances, et à quant que il y apent ; lequel je tieng, et dei de dreit, e cleim par moi e mes heyrs reys de Escoce, tenir héritablement de vous e de voz heyrz, reys d'Engleterre, de vie et de membre e de terrein honeur, contre tote gent qe porrunt vivere e morir (2). » Jean confirma encore, le 2 janvier 1293, tous les actes accomplis par le roi d'Angleterre pour le gouvernement de l'Ecosse entre la mort de son prédécesseur et son avènement au trône. Edouard, le 4 janvier,

(1) Rymer, t. I, part. III, p. 113.

(2) Ibidem

s'engagea de son côté à assurer l'hérédité du royaume d'Ecosse au fils de Jean de Bailleul, quelque fut son âge, et à ne jamais prétendre sur l'Ecosse d'autre droit que celui de suzeraineté : il fit délivrer à Jean les rôles des plaids et lui donna enfin la saisine de l'île de Man, comme ses prédécesseurs l'avaient eue. Ils se séparèrent alors et Jean alla se faire couronner à l'abbaye de Scone où étaient déposés les insignes de la royauté écossaise et le siège de pierre sur lequel les rois s'asseyaient le jour de leur couronnement. Jean y tint sa première cour plénière, le 9 février 1293, et il eut, dès ce jour, un avant-gout des déboires qui l'attendaient dans sa nouvelle position. Quatre des plus grands seigneurs de l'Ecosse, Robert Bruce, Donald, fils d'Angus, Jean, comte de Cathen, et William Douglas s'étaient abstenus de venir lui rendre hommage, et il dut les citer à comparaître devant lui le lendemain de Pâques pour rendre compte de leur conduite (1).

La situation faite au roi d'Ecosse par son puissant suzerain était trop anormale pour ne pas altérer promptement les relations entre les deux couronnes. Edouard y aida de toutes ses forces par une série de vexations dont le résultat devait être de porter à son comble l'indignation de Jean et de ses barons, fiers et indisciplinés, et qui avaient subi avec la plus grande peine la décision du

(1) Rymer, t. I, part. III, p. 117.

conseil chargé d'examiner les titres des prétendants, relativement au droit de suzeraineté prétendu par l'Angleterre. Du 25 mars 1293 au 20 avril 1294, c'est-à-dire pendant l'espace d'une année, Edouard n'envoya pas à Jean moins de quatre citations pour répondre devant la cour d'Angleterre de la légalité de ses jugements (1). C'était un des inconvénients de la suzeraineté. Les parties appelées devant le roi d'Ecosse et jugées par lui, pouvaient, si elles étaient mécontentes de sa décision, en appeler au suzerain. Le moindre vice de ce système était d'annihiler l'autorité du roi d'Ecosse : C'était une arme très-dangereuse que la législation féodale mettait entre les mains du suzerain et Edouard n'aurait dû se servir d'un semblable moyen qu'avec le plus extrême ménagement. Loin de là, il ne prêtait que trop volontiers l'oreille aux plaintes des mécontents, et c'est sur lui seul, sur la conduite tenue par lui pendant cette première année qu'il faut faire retomber toute la responsabilité des événements qui allaient bientôt ensanglanter l'Ecosse et certaines parties de son propre royaume pendant près d'un siècle.

Un de ces quatre appels, plus sérieux et plus désagréable que les autres, à propos de Macduff, fils de Malcolm, comte de Fife, avait rencontré une certaine résistance chez Jean de Bailleul. Il n'avait prêté aucune

(1) Rymer, t. I, part. III, p. 118-128.

attention à la première assignation qui lui avait été envoyée par Edouard et celui-ci dut lui en faire porter une seconde dans le château de Stirling, le 2 août 1293, par le shériff du Northumberland. Jean se rendit alors auprès d'Edouard et manifesta des intentions si évidentes de résistance (1), qu'Edouard ne donna jamais gain de cause à son adversaire Macduff, et que l'affaire resta en suspens. Le roi d'Angleterre se crut même obligé d'exempter Jean du paiement du relief pour les domaines de sa mère en Angleterre, se montant à la somme considérable de 3289 livres 14 sous ; mais l'effet produit peut-être par cette concession gracieuse sur l'esprit de Jean fut bientôt effacé par les deux injonctions impérieuses que lui fit Edouard, le 2 et le 29 juin 1294, d'avoir à fermer scrupuleusement tous les ports de l'Ecosse, de n'en laisser sortir ni un homme ni un navire, et de lui envoyer à Londres, le 1er septembre, son contingent militaire afin de l'aider à recouvrer la Gascogne sur le roi de France (2). Ces derniers actes devaient consommer la rupture qui se préparait, et hâter le dénouement.

Les historiens anglais représentent Jean de Bailleul comme un monarque faible et sans énergie, incapable du bien comme du mal, et qui, se laissant guider par son conseil et par sa noblesse, dut se résigner à suivre le

(1) Rot. Parl. I, 113. — Ryley, 160-165

(2) Rymer, t. I, part. III, p. 129.

torrent et à marcher dans le sens où le poussait invinciblement le sentiment national profondément humilié. Nous voulons croire, pour l'honneur de notre héros, qu'il n'avait besoin ni de conseils ni d'influences étrangères pour ressentir vivement son injure et l'affront qui était fait à sa couronne. Quoiqu'il en soit, la guerre fut dès-lors résolue et Jean ne s'occupa plus que de se créer des alliés. Il envoya auprès de Philippe-le-Bel (13 juillet 1295) les évêques de Saint-André et de Dunkelden, Jean de Soules et Enguerran d'Umfravill, chevaliers, pour poser les bases d'un traité d'alliance offensive et défensive qui fut signé le 23 octobre. Par cet acte le roi de France s'engageait, si le roi d'Angleterre envahissait l'Ecosse, à attaquer les possessions anglaises, et Jean de Bailleul promettait, si Edouard envoyait une armée en France, de se jeter avec toutes ses forces sur le nord de l'Angleterre. Un second traité, signé le même jour, arrêtait les dispositions d'une union future entre Edouard de Bailleul, fils aîné du roi d'Ecosse, encore très-jeune, et Isabelle, fille de Charles de France, comte de Valois et d'Alençon, frère du roi Philippe-le-Bel, et de Marguerite de Sicile (1). Isabelle était âgée de deux ans. Son douaire, de 1500 livres sterling dont 1000 en terres, fut assigné par Jean de Bailleul sur ses seigneuries de Bailleul, de Dompierre, de Hélicourt et de Hornoy, en France, et sur

(1) Rymer, t. I, part. III, p. 153-156. — Le P. Anselme, t. I, p. 100.

celles de « Lanark, Cado, Middlesley, Cunyngham, Hadyngtone et le chastel de Donde » en Ecosse.

Malgré le soin qu'avait pris Jean de tenir secret ce double traité, il en transpira quelque chose, et Edouard, voulant mettre Jean en demeure de se déclarer, le somma de lui envoyer des troupes pour la conquête de la Guyenne, de lui remettre les châteaux de Roxburgh, de Jedburgh et de Berwick comme places de sûreté, et le cita enfin devant sa cour, à Newcastle, au mois de mars 1296. Jean n'ayant répondu que par un dédaigneux silence, Edouard envahit l'Ecosse à la tête d'une armée de trente-cinq mille hommes, assiégea et prit Berwick qui fut dévastée et où sept mille Ecossais trouvèrent la mort. La fortune ne paraissait pourtant pas se déclarer entièrement contre les Ecossais. Jean avait envoyé à Edouard sa renonciation à la vassalité rédigée dans un style fier et noble (5 avril 1296), et dix-huit vaisseaux anglais avaient été coulés bas par sa flotte pendant que ses soldats pénétraient dans le comté d'Yorck. Mais le roi d'Angleterre ayant mis le siège devant le château de Dumbar, l'armée écossaise, forte de quarante mille hommes, vint lui offrir le combat, et, abusée par un simulacre de retraite, se jeta en désordre sur les Anglais qui l'attendaient de pied ferme. Le désastre fut complet : Quinze mille hommes périrent : Dumbar, Roxburgh, Jedburgh, Edimbourg, Stirling, Perth, Brechin, Forfar et Saint-André ouvrirent leurs portes au vainqueur, et, le 24 juin, le roi d'Ecosse, monté sur un petit cheval (a galloway), tenant une baguette blanche à la main, et suivi de son fils, vint se présenter devant Edouard qui le reçut dans un cimetière « comme s'il l'eut jugé indigne de fouler la terre des vivants (1). » Jean s'humilia et s'accusa d'avoir recherché l'alliance de la France et porté les armes contre son suzerain, mais le roi d'Angleterre refusa de se laisser fléchir, et, en conséquence, il força l'infortuné prince à signer à Kincardin, le 2 juillet (1296), sa renonciation à la couronne pour lui et pour les siens.

Une abdication pure et simple ne suffisait pas à Edouard. Jean de Bailleul, libre, et avec l'attrait du malheur, pouvait en France lui susciter de dangereux ennemis, en Ecosse devenir un drapeau. Il l'envoya à la Tour de Londres avec son fils ; mais on s'accorde généralement à reconnaître qu'on y eut pour le monarque détrôné tous les égards compatibles avec sa pénible situation. Il n'était que prisonnier sur parole et avait la faculté de circuler librement dans un rayon de vingt milles autour des murs de Londres. On lui avait conservé une suite et un budget convenable, et par moments, Jean pouvait peut-être oublier. On eut dit que rien ne l'attachait plus à son royaume et que ses seules préoccupations fussent pour le pays natal, pour les châteaux de Bailleul et de Hélicourt té-

(1) Louandre, Biographie d'Abbeville et de ses environs, p. 32. — Hist. d'Angleterre, par Lingard, t. III, p. 342.

moins de son enfance : il paraissait ne plus aspirer qu'à les revoir, et, en attendant, il prêtait toujours de loin une scrupuleuse attention à l'administration de ses biens patronymiques. Trois mois à peine après son abdication forcée et son emprisonnement, le 8 septembre 1296, il souscrivait un accord passé devant la cour d'Eu, mettant fin au procès soulevé entre lui et l'abbaye d'Eu relativement à la dîme du moulin d'Hornoy (1). Ceci prouve qu'il avait conservé des relations suivies avec le Vimeu, puisqu'au moment où tout s'écroulait en Ecosse, où sa royauté éphémère allait s'abîmer sous les coups de celui qui l'avait édifiée de ses propres mains, il songeait à contester à une abbaye du continent la dîme d'un moulin !

Les historiens anglais ont cru remplir leur devoir en représentant Jean comme un homme faible, sans aucune valeur morale, et qui descendit avec joie d'un trône pour lequel il ne se sentait pas fait. On prétend même que cinq ans à peine de règne l'avaient tellement désillusionné sur le compte de ses sujets qu'il aurait demandé comme une grâce à Edouard, quand celui-ci songeait à le rétablir dans son royaume, de retourner en Ponthieu pour y vivre dans le repos et dans l'obscurité. Il est possible que dans le premier moment de découragement qui suit les

(1) Copies et extraits d'actes concernant Eu, mss. de la Bibl. Sainte-Geneviève à Paris, L, F, 30, p. 131.

grandes défaites, le désespoir ait arraché à Jean de semblables paroles, mais qu'elles aient été, sinon alors du moins par la suite, l'expression véritable de sa pensée, c'est ce dont on ne saurait convenir. Les actes de Jean, après son retour en France, prouvent qu'il n'avait renoncé à aucun de ses droits, et s'il eut été tellement désabusé des grandeurs du monde, pourquoi n'aurait-il jamais cessé de se qualifier roi d'Ecosse et de porter les armes royales au lieu de celles qu'il tenait de ses ayeux ? On serait beaucoup plus près de la vérité si l'on disait que Jean, prisonnier, n'avait plus qu'un seul but, la liberté, et que cette liberté fut le prix de la déclaration du 1er avril 1298 par laquelle il prit l'engagement de ne plus intervenir dans les affaires de l'Ecosse (1).

Il était certain, quoiqu'on en dise, que la Tour de Londres ne devait plus ouvrir ses portes devant le royal captif, à moins que le vainqueur n'eut brisé dans sa main le dernier tronçon de son épée. Que ne ferait pas le prisonnier pour respirer l'air pur, pour voir le ciel bleu sur sa tête ? Quels que soient donc les termes employés par Jean dans sa déclaration, quelles que soient les plaintes qu'il y ait faites contre ses sujets, elles ne doivent et ne peuvent rien prouver ni contre lui ni contre eux : à moins que l'on ne parvienne à démontrer l'entière sincérité d'un acte écrit dans une prison, devant une porte

(1) Prynne, 665. — Brady, III, append. 28.

qu'il peut ouvrir à l'instant ou fermer pour jamais. Le roi de France n'avait d'ailleurs pas oublié son ancien allié, et le nom de Jean de Bailleul était prononcé dans les préliminaires du traité de paix que le pape Boniface s'efforçait de faire conclure entre les deux souverains de France et d'Angleterre. Ce fut pourtant seulement le 14 juillet 1299 que Jean mit le pied sur la terre de France, à Wissant, où il fut remis à l'évêque de Vicence, légat apostolique, pour que le Pape prononçat sur son sort (1). C'était la liberté !

Jean de Bailleul revint alors à Bailleul et à Hélicourt, et, reprenant son rang parmi la noblesse du pays, il vécut désormais comme un simple gentilhomme. Nous avons retrouvé cinq pièces sur lui pour cette dernière période de son existence : Quatre sont émanées de lui et commencent ainsi « Jehans, rois d'Escosse et sires de Bailleul en Vimmeu ; » dans la cinquième, émanée des officiers du roi d'Angleterre en Ponthieu, il n'est désigné que comme « Jehans, sires de Bailluel, chevalier, » et c'est tout simple ; les officiers anglais et le roi d'Angleterre ne pouvaient plus voir en lui le roi d'Ecosse puisqu'ils l'avaient dépouillé de son rang et de son titre. A l'une de ces chartes est encore suspendu le sceau de Jean : C'est le seul, peut-être, qui ait été conservé. Ce sceau, d'une remarquable simplicité (2), est privé de tous les attributs

(1) Rymer, t. I, part. III, p. 208.

(2) Voir la Planche placée au commencement du volume.

de la royauté. Il porte un écusson chargé des armes royales d'Ecosse, *d'or au lion de gueules dans un double trescheur fleuronné et contrefleuronné de même.* De la légende il ne reste plus que ces mots : « † S...... REGIS SCOCIE » encadrés dans un double filet circulaire (1) ; mais il est facile de la rétablir telle qu'elle devait être : « † S. JOHANNIS DE BALLOLIO REGIS SCOCIE » Ce monument, d'une grande importance, prouve un fait inconnu jusqu'ici, c'est que Jean de Bailleul, au lieu d'écarteler ses armes patronymiques, *d'hermines à l'écu de gueules*, des armes royales d'Ecosse, quitta les premières pour adopter les secondes, pleines et sans brisure, et qu'elles devinrent, à l'exclusion de toutes autres, les siennes et celles de son fils Edouard.

Le 23 novembre 1302, Jean de Bailleul écrivait à « nostre très chier seigneur et bon ami et nostre espérance emprès Dieu » Philippe, roi de France, pour le prier d'unir sa cause à la sienne, et de poursuivre en commun le redressement de leurs griefs contre le roi d'Angleterre (2). On ne voit pas que cette prière ait jamais été exaucée, et cette lettre missive fut assurément le dernier effort tenté par Jean pour reparaître sur la scène politique. Malgré les formules d'humilité destinées à attendrir Philippe, Jean parle en roi et traite de

(1) Archives de l'Empire, Trésor des Chartes, carton J, 633, pièce 5.

(2) Ibidem.

puissance à puissance. Philippe lui répondit-il? On l'ignore. — Cette dernière espérance lui échappant, Jean ne devait plus, comme il le dit lui-même, espérer qu'en Dieu. Sa lettre est datée de « Bailleul, le jour de feste Saint-Clément. » Le roi détrôné habitait donc alors le château de ses ancêtres, ce château où le reléguait un roi d'Angleterre et qu'un roi d'Angleterre devait détruire.

En 1304, Jean de Bailleul vendit à la ville d'Abbeville tout ce qu'il avait « en icelle ville et rivière de Somme pour raison de travers, de coutume et de rente » : il y avait été autorisé par une charte du roi Philippe-le-Bel du mois de septembre de la même année (1). Le droit de travers était un droit féodal que les seigneurs percevaient sur les marchandises transportées à travers leurs terres d'un lieu dans un autre (2) : Il existait aussi bien sur les routes que sur les rivières ; on en trouve dans le Ponthieu de fort nombreux exemples. Sur les rivières, on s'assurait la perception de cet impôt forcé en tendant d'une rive à l'autre une chaîne de fer ; il fallait payer pour passer. Le droit de Jean de Bailleul, son travers sur la Somme s'appliquait aux barques chargées de vin : C'est ce qu'à Abbeville on nommait encore au siècle dernier *l'acquit de Bailleul* (3). La charte originale constatant cette vente

(1) B. I. — Cab. des Chartes, CC, 248.

(2) Dictionn. histor. des Institutions de la France, par A. Chéruel, t. II.

(3) Biogr. d'Abbeville et de ses environs, par Louandre, p. 33.

et scellée du sceau de Jean de Bailleul existait encore intacte dans l'argenterie de l'échevinage d'Abbeville, en 1650 (1).

Le 2 décembre de la même année, Jean « rois d'Escosse et sires de Bailleul en Vimeu » vendit à Hugues, abbé de Sery (2), tout ce qu'il possédait dans le bourg d'Oisemont, sauf la haute-justice et la vicomté, moyennant la somme de 2,376 livres. Ces biens consistaient en terres, droits et revenus ainsi détaillés : 164 chapons de cens annuel sur certaines masures d'Oisemont, 21 livres 4 deniers parisis de rente sur quarante journaux de terre, un four banal, vingt journaux de terre dont moitié en labour, tous ses droits sur dix-sept journaux de terre amodiés par lui à la léproserie d'Oisemont, et enfin son droit de justice sur le tout, ce qui était estimé valoir 85 livres 15 sous de revenu annuel (3). — En 1311, il servit au comte de Ponthieu un aveu pour sa châtellenie de Hélicourt (4). Il possédait à Rue des terres qu'il tenait aussi du roi d'Angleterre et sur lesquelles il avait fait dresser

(1) Hist. des mayeurs d'Abbeville, par le P. Ignace de Jésus-Maria, (Jacques Sanson), p. 241 et 263.

(2) Hugues de Cannessières, qui gouverna l'abbaye de Sery de 1296 à 1314.

(3) Notice histor. sur l'abbaye de Sery, par M. Darsy — vol. 18 des Mém. de la Société des Antiquaires de Picardie, p. 226, — et Hist. manusc. de l'abb. de Sery, par D. Sauvage, 962, Bibl. Sainte-Geneviève.

(4) Lettre de M. Le Ver sur Jean de Bailleul, publ. dans la Revue Anglo-Française, déjà citée.

des fourches patibulaires, emblème de la haute-justice. Le sénéchal de Ponthieu prétendit que ce fait portait atteinte aux droits de son maître, et il assigna Jean à comparaître devant Robert de Villeneuve, bailli d'Amiens ; mais le sénéchal n'ayant pu produire des lettres de *committimus* adressées au comte de Ponthieu, le bailli renvoya, par lettres du 17 septembre 1312, les parties devant le plus prochain parlement (1). Le roi d'Angleterre n'avait pas attendu jusqu'à ce jour pour donner à Jean de Bailleul des preuves de sa haine : Le 12 août 1308, il avait confisqué toutes les seigneuries qu'il possédait en Angleterre, celles de Torkeseye (comté de Lincoln), de Bywell, de Wodehorn et de Dryfeld (comté de Northumberland), de Kempeston (Bedfordshire), de Tottenham (Middlesex), et le château de Fotheringay (comté de Northampton), et les avait données à Jean de Bretagne, comte de Richemond (2). Il ne s'en tint pas là, et, par son ordre, Jean de Lannoy, sénéchal de Ponthieu, accusa en 1314 Jean de s'être rendu coupable à Hélicourt et « ès appartenanches séans en Vimmeu » de « pluseurs entrepreseures, meffais, et trespas » c'est-à-dire d'usurpations, de pillages et de meurtres. L'affaire était grave, cette fois ; il s'agissait de crimes et non plus de simples

(1) Bureau des finances d'Amiens, layettes de Ponthieu. — Pap. de D. Grenier, vol. 57 bis, f° 183, aux Mss. de la Bibl. imp.

(2) Rymer, t. I, part. IV.

délits. Jean de Bailleul s'en retira pourtant heureusement, à la faveur d'une amende de « wit vins livres parisis » versées en deux annuités entre les mains du receveur de Ponthieu. En effectuant ce paiement, pour la garantie duquel il engageait sa terre de Hélicourt, Jean renonçait « à tout privilège de croix prinse et à prendre, espéciaument au privilège de le crois de lequele on a comenchié à preschier pour le voiage d'Outremer, » le 4 mars 1314 (1). — La même année et à peu près à la même époque, Jean donna à Renaud de Picquigny, vidame d'Amiens, son cousin, une rente de 30 marcs sterlings à prendre sur toutes ses terres et particulièrement sur celle d'Hornoy : Renaud lui servit aussitôt un aveu pour ce fait (2).

Telle est la dernière mention qui soit faite de Jean de Bailleul dans l'histoire locale du Ponthieu. Il mourut vers le mois d'octobre ou novembre 1314 : Ceci résulte d'une lettre écrite le 4 janvier 1315, par le roi d'Angleterre au roi de France pour l'informer de la mort récente de Jean de Bailleul, « Cum dominus Johannes de Baliolo viam universæ carnis, ut accepimus, sit ingressus (3). » Cela résulte également des calculs approximatifs empruntés à

(1) Pap. de D. Grenier, vol. supplémentaire, 298, pièce originale, 99.

(2) Reg. des arrêts du Parlement, arrêt du 5 septembre 1365 — et aussi D. Caffiaux, recherches sur les Bailleul, Bibl. imp. Cab. des titres, mss. Généalogies A-B, I, p. 23.

(3) Rymer, t. II, part. I, p. 75.

M. Le Ver pour arriver à fixer le mois de cette mort, et que l'on a déduits plus haut de telle manière qu'il serait superflu d'y revenir.

Jean avait épousé Isabelle de Varennes, fille de Jean de Varennes, comte de Varennes, de Surrey et de Sussex, et d'Alfaïs de La Marche, deuxième fille d'Hugues X, comte de La Marche, et d'Isabelle, comtesse d'Angoulême. Jean de Varennes était le petit-fils d'Hamelin, fils bâtard de Geoffroy V, comte d'Anjou, dit Plantagenet, et conséquemment frère d'Henri II, roi d'Angleterre. Hamelin avait épousé Isabelle, comtesse de Varennes et de Surrey dont il avait transmis le nom et les titres à ses descendants. (Armes : *échiqueté d'or et d'azur*) (1). De cette union naquirent seulement deux fils :

1° Edouard de Bailleul, roi d'Ecosse, qui suit ;

2° Henri de Bailleul, tué par les Ecossais à Annan, le 16 décembre 1332. — Sans postérité (2).

VIII. Edouard de Bailleul, roi d'Ecosse, sire de Bailleul-en-Vimeu, Hélicourt, Dompierre et Hornoy.

On ignore l'époque de sa naissance, et l'histoire fait mention de lui pour la première fois à propos de son mariage projeté par son père, Jean, alors roi d'Ecosse, et

(1) Le P. Anselme, t. V, p. 26-28. — Imhof, Geneal. Angliæ, part. II, cap. II.

(2) Peerage of Scotland, by sir Robert Douglas, t. I, p. 613-614.

Philippe-le-Bel, roi de France, le 23 octobre 1295, avec Isabelle, fille de Charles de France, comte de Valois et d'Alençon, frère de Philippe-le-Bel, et de Marguerite de Sicile. La future n'était âgée que de deux ans, et il est probable qu'Edouard devait être également fort jeune; mais cette alliance qui aurait introduit Edouard dans la maison royale de France, n'eut pas lieu, à cause des événements qui firent perdre à son père le trône d'Ecosse, et Isabelle épousa en 1297 Jean III, duc de Bretagne, âgé de dix ans (1). Edouard suivit son père en France et il y vécut jusqu'à la mort de celui-ci, jusqu'à la fin de l'année 1314. A cette époque il passa aussitôt en Angleterre pour implorer la protection du plus cruel ennemi de son père, qui se trouvait être son suzerain à cause du Ponthieu. Le roi l'accueillit favorablement; peut-être avait-il déjà des vues sur lui. Il écrivit en sa faveur au roi de France et le pria de recevoir Renaud de Picquigny, vidame d'Amiens, chargé de la procuration d'Edouard afin de lui rendre les devoirs féodaux que celui-ci lui devait pour son patrimoine (2). Cette démarche avait un but intéressé, si bien caché que personne n'a pu le découvrir : pourquoi Edouard aurait-il rempli par procuration ses devoirs féodaux, puisqu'il revint presqu'aussitôt en France et retourna ensuite en Angleterre où

(1) P. Anselme, t. I, p. 100.

(2) Rymer, t. II, part. I, p. 75.

il alla le 2 septembre se présenter devant Jean Sandale, chancelier du roi « in hospitio suo juxta Algate London (1). »

Pendant neuf ans Edouard de Bailleul résida assidûment en Ponthieu. En 1324 il fut de nouveau mandé en Angleterre par le roi qui à cette occasion lui délivra un sauf-conduit valable depuis le 2 juillet jusqu'à la Toussaint. En 1327, il en reçut un semblable du 12 juillet à Noël, et enfin en 1330 il lui en fut délivré deux, un le 20 juillet, pour tout le temps qu'il voudrait passer en Angleterre, et le 17 octobre un second pour une année (2). Il est évident qu'Edouard avait reconquis une certaine influence à la cour d'Angleterre, et que le roi lui témoignait une faveur marquée Il le traitait alors plutôt en prince qu'en simple chevalier. Il est permis de supposer qu'il nourrissait des projets sur lui, mais la question principale, la plus difficile à résoudre, est de savoir quelle part Edouard prenait aux combinaisons qui germaient déjà dans l'esprit du roi. On a prétendu que ce dernier avait envoyé auprès d'Edouard de Bailleul un gentilhomme écossais réfugié en Angleterre pour lui faire entrevoir la possibilité de recouvrer la couronne de son père sous un assez bref délai. Mais les fréquents voyages d'Edouard de Bailleul en Angleterre et la considération que lui témoi-

(3) Rymer, t. II, part. I, p. 87.

(1) Rymer, t. II, part. II, p. 102, 192; t. III, p. 45-51.

gnait le roi prouveraient le contraire et qu'il n'y aurait pas eu besoin d'intermédiaire entre lui et Edouard III.

L'histoire d'Edouard de Bailleul est une véritable odyssée, et ses aventures, si l'histoire ne les avait enregistrées, sembleraient plutôt appartenir à la fable ou au roman. Notre intention n'est pas de refaire l'historique du règne d'Edouard de Bailleul. Ce règne ne touche d'ailleurs qu'indirectement à la question que nous nous sommes proposé de traiter, car elle n'a d'autre objet que de revendiquer, pièces et preuves en main, Jean et Edouard de Bailleul pour le Ponthieu. On passera donc très-brièvement sur ces faits connus de tous, rapportés par tous les historiens de l'Angleterre et de l'Ecosse, et sur lesquels il n'y a ni confusion, ni erreur, ni discussion possibles.

Les circonstances étaient favorables à Edouard : les réclamations des barons anglais, possesseurs de terres en Ecosse qui ne leur avaient pas été rendues malgré les termes du traité de paix, avaient excité une certaine fermentation en Ecosse : Edouard en profita pour recruter une petite armée avec laquelle il débarqua à Kinghorn, dans le Fife, le 6 août 1332. Le roi d'Angleterre avait refusé de prêter son concours officiel à cette expédition, mais il la toléra, et la bataille de Dupplin (12 août), et la défaite de l'escadre écossaise dans le Tay (26 août,) rétablirent Edouard sur le trône de son père. Le 24 septembre il fut couronné à Scone, par l'évêque de Dunkeld, et le 23 novembre il fit hommage à Edouard III pour son royaume d'Ecosse, reconnut sa suzeraineté et s'engagea à venir en personne au secours de son nouvel allié chaque fois qu'il en serait requis (1).

Edouard avait rompu tout d'abord, on le voit, avec les traditions paternelles, et tandis que Jean s'était acquis l'affection et l'estime de l'Ecosse en tirant l'épée pour son indépendance, Edouard s'aliéna de suite le cœur de ses sujets par sa déférence servile pour le roi Edouard III. Aussi, dès le mois de décembre, surpris pendant un armistice, n'eut-il que le temps de passer la frontière à la hâte, presque seul, après avoir perdu en un jour le terrain qu'il avait mis trois mois à conquérir. Le 3 mars 1333, la guerre était déclarée par l'Angleterre à l'Ecosse, et l'armée anglaise, commandée par Edouard de Bailleul lui-même, mettait le siége devant Berwick qui tomba en son pouvoir. Rétabli sur son trône par les armes anglaises, Edouard ne devait jamais y être solidement affermi et son règne ne fut plus dès lors qu'une longue guerre civile, qu'une rapide succession de victoires et de défaites. D'Edimbourg sa capitale, où il siégeait en roi, il passait sans transition dans le nord de l'Angleterre, serré de près et n'échappant que par miracle aux poursuites. Edouard de Bailleul réalise enfin le type du partisan couronné. Tantôt roi, tantôt fugitif, tantôt à la tête d'une armée nationale, tantôt placé par une commis-

(1) Rymer, t. 2, part. 3, p. 84-85.

sion royale à la tête de l'armée anglaise pour défendre les frontières anglaises contre ses propres sujets, tantôt riche, tantôt à la solde d'Edouard III et recevant jour par jour une modique somme à peine suffisante pour nourrir les quelques personnages qui s'étaient attachés à sa fortune. Rien ne pourrait donner une idée plus complète de cette existence agitée, remplie de tant de brusques contrastes et de vicissitudes diverses, que l'énumération succincte des actes conservés dans le précieux recueil de Rymer et constatant les rapports d'Edouard et du roi d'Angleterre pendant les quatorze années de son règne. C'est ce que l'on va faire.

Le 18 juin 1334, Edouard III confirmait à Edouard de Bailleul la propriété des terres de Botel, de Kenmore et de Kirkandre dans le comté de Dumfries, comme les ayant reçues de ses ayeux et pouvant les transmettre à ses descendants. Le 27 janvier 1336 il lui donne une pension de 5 marcs par jour, et le 3 octobre 100 livres pour l'aider à payer les dépenses de son hôtel. Il lui donne 20 livres, le 3 janvier 1338, et le 3 mai 1339 il convient de lui assurer 30 sous par jour pendant la paix et 50 sous pendant la guerre. — Quoiqu'il fut qualifié *magnificus princeps*, Edouard de Bailleul n'était qu'un assez pauvre sire. — Il reçut, le 20 octobre 1339, une commission royale pour commander l'armée anglaise destinée à opérer contre les Ecossais. Le 28 juillet 1341, il toucha 100 livres et le 1er août suivant il fut de nouveau mis à la tête de l'armée anglaise. Edouard enfin protesta, par un acte du 4 mars 1351, contre le traité passé entre le roi d'Angleterre et les Ecossais, et Edouard III lui donna acte de sa protestation.

Toutes ces infortunes n'empêchaient pas Edouard de Bailleul de se divertir et il paraît qu'il aimait passionément la chasse. Le roi d'Angleterre lui avait accordé l'autorisation de chasser dans sa forêt d'Ingelwood, pendant qu'il était sur les frontières d'Ecosse. Edouard en profita et y tua 19 cerfs, 14 biches, 17 faons, 2 daims, 4 daims de trois ans, 13 daines, 1 faon de daim et 2 chevreuils; mais il avait invité plusieurs barons du voisinage à partager son royal déduit, et il se crut obligé de demander au roi d'Angleterre de ne pas sévir contre eux, ce que le roi lui accorda le 3 décembre 1355.

Enfin, le 20 janvier 1356, vaincu par la mauvaise fortune, Edouard de Bailleul, par un acte solennel passé à Rokesbury, abandonna au roi d'Angleterre son royaume d'Ecosse, sa terre de Galloway et tous les biens qu'il avait dans ce pays, moyennant une somme de 5,000 marcs sterlings et une rente annuelle et viagère de 2,000 livres sterlings, payable en quatre termes, à Pâques à la Nativité de Saint-Jean-Baptiste, à la Saint-Michel et à Noël, et enfin l'acquittement de ses dettes. Le 12 mars Edouard III délia Edouard de Bailleul de son serment de fidélité et inaugura, le 23 avril, la série des paiements trimestriels de sa rente.

Edouard s'était retiré dans la seigneurie de Haytefeld (comté d'Yorck), appartenant au roi d'Angleterre, où il se livrait au plaisir de la chasse et de la pêche dans toute l'étendue de la seigneurie et du parc : Il y était pendant les mois de septembre et d'octobre 1356, et, en compagnie de plusieurs nobles du voisinage, il tua en plusieurs fois, 16 cerfs, 6 biches, 8 daims, 3 faons, 6 chevreuils, 1 daim de 3 ans et 1 daim d'un an ; et il pêcha dans les étangs 3 « luz » de trois pieds et demi, 20 de deux pieds et demi et 20 de deux pieds de longueur, 50 brochets d'un pied et demi et 6 d'un pied, 109 perches, tanches et « skelys » et 6 brêmes. Cette fois encore il pria Edouard III de pardonner leur fait de chasse aux barons qui l'avaient accompagné sans l'autorisation royale (1).

Parmi les nombreuses erreurs accréditées par tous les historiens et toutes les biographies sur le compte de la famille de Bailleul-en-Vimeu en général et d'Edouard de Bailleul en particulier, se trouve celle-ci, qu'à partir de son abdication, c'est-à-dire depuis le 20 janvier 1356, Edouard disparaît complètement et que le lieu de sa retraite et l'époque de sa mort sont également inconnus Nous sommes en mesure de rectifier cette dernière erreur et c'est encore Rymer qui nous fournit les preuves nécessaires.

Edouard de Bailleul, qui n'avait plus de propriétés en

(1) Rymer, t. 3, part. 1 et 2, passim.

Ecosse, n'en avait pas davantage en France. En 1331, sous le prétexte d'un homicide commis par lui sur la personne de Jean du Candas, le roi de France avait saisi son château de Dompierre et la moitié de sa terre d'Hornoy. Plus tard, pour tirer vengeance de l'alliance d'Edouard avec le roi d'Angleterre, Philippe VI avait confisqué le reste et donné le tout (c'est-à-dire tout Hornoy) à Ferry de Picquigny, seigneur de Heilly. Il ne restait plus à Edouard que Bailleul et Hélicourt. Or, le 27 mai 1363, par une charte datée du manoir de Whetlay près de Doncaster, où il est dit résider, l'ex-roi d'Ecosse, qui se qualifie encore « Edwardus, dei gratia, rex Scotorum » donne au roi d'Angleterre, en reconnaissance de ses largesses et de la protection qu'il lui avait accordée contre ses ennemis, le château et toute la terre et seigneurie de Hélicourt-en-Vimeu, et le jour même le roi, acceptant la donation de « li noble et très-excellent prince sire Edward de Baillioll, roi d'Escoce » ordonne à Girard de Bautersheim, son sénéchal de Ponthieu, de s'en mettre en possession (1). De ses biens patronymiques il ne restait donc

(1) Rymer, t. 3, part. 2, p. 77. Après la soumission du Ponthieu, le château de Hélicourt fut donné par le roi Charles V. à Martelet du Mesnil, premier écuyer du corps et maître des écuries du roi, en reconnaissance de ce qu'il avait contribué puissamment à faire rentrer le Ponthieu sous l'obéissance du roi. Peu après, cette terre lui fut retirée et réunie au domaine; en échange, il reçut 3,000 francs par lettres du 21 juin 1378. (P. Anselme, t. VIII, p. 468). Par son ordonnance générale sur la police du royaume, Charles VI nomma un capitaine du château

plus à Edouard que le château dont il portait le nom. Cette pièce prouve donc qu'Edouard n'avait conservé aucun projet de retour dans son pays natal, et qu'il habitait à Whetlay, près de Doncaster, sept ans après l'époque depuis laquelle les historiens déclarent avoir perdu sa trace. Le manoir de Whetlay était-il son domicile habituel? Il est permis de ne pas le croire si l'on s'en rapporte à la vie errante qu'il paraît avoir menée dans le Nord de l'Angleterre depuis l'année 1355. On peut toujours affirmer qu'à partir de 1356 il ne quitta plus l'Angleterre, et pourquoi n'admettrait-on pas que ce serait à Whetlay qu'il serait mort vers la fin de l'année 1363 ?

Le 30 mai de la même année Edouard III remit à Edouard de Bailleul et à Guillaume de Aldburg les droits de sceau qui auraient dû lui revenir à cause de la donation qu'il leur avait faite d'une rente de 10 livres à prendre sur « la haie de Willeye dans la forêt de Shirwood, » et dont ils pouvaient disposer, après la mort de John Attwode, en faveur de la Chartreuse de Belleval. Trois

de Hélicourt dont les gages furent réduits à 50 livres au lieu de 100 livres tournois qu'il touchait précédemment, le 25 mai 1413 (Mss de D. Grenier, pag. 24- lettre H, f° 156, Bibl. imp.) — En 1492, Jean de Luxembourg, avec ses bourguignons, et Raoul Le Boutillier, avec 300 anglais, s'emparèrent du château de Hélicourt ; en vertu d'un ordre du comte de Warwick, du 30 septembre 1422, le château de Hélicourt et les châteaux de Longroy, de Tilloy et d'autres encore furent démolis de fond en comble. (Chron. de Monstrelet.)

jours auparavant, Edouard de Bailleul déclarait demeurer à Whetlay, et le 6 septembre 1365 Raoul de Coucy se portait comme son héritier devant le Parlement de Paris. Il est donc fort possible, presque probable même, qu'Edouard mourut à Whetlay, près de Doncaster, à la fin de 1363, mais il est positif qu'il était mort avant le 6 septembre 1365. Raoul de Coucy plaidait alors pour l'hommage de la seigneurie d'Hornoy appartenant à Hugues de Melun, seigneur d'Antoing, à cause de sa femme, et que Raoul réclamait comme seul héritier d'Edouard, par Guillaume de Coucy, son père, fils et héritier d'Enguerran de Guines, seigneur de Coucy, et de Chrétienne de Bailleul fille de Thomas de Bailleul, frère puîné de Jean de Bailleul, et par conséquent oncle d'Edouard dont Chrétienne était la cousine-germaine.

On n'a pu découvrir si Edouard de Bailleul avait été marié : Il est certain qu'il n'eut pas d'enfants, puisque Raoul de Coucy, son cousin, réclamait son héritage, et avec lui s'éteignit la maison de Bailleul-en-Vimeu.

FIN.

APPENDICE.

ARBRE GÉNÉALOGIQUE DE LA MAISON DE BAILLEUL-EN-VIMEU.

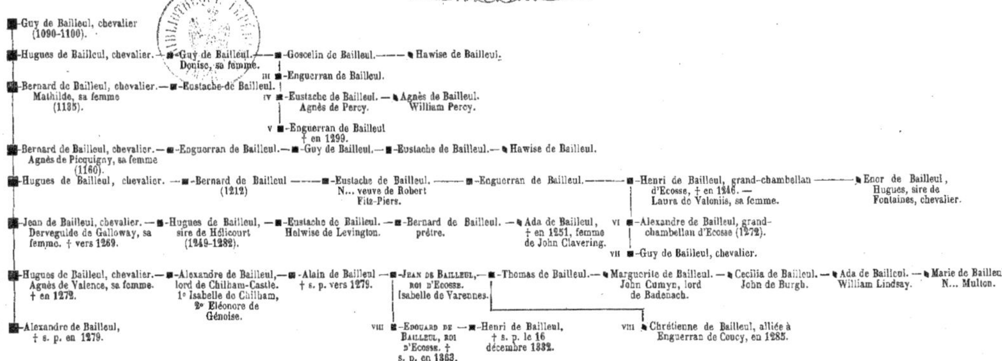

I.

« Ès assises de Eu qui furent lan de Grace Mil CC IIII^{xx} et seize, le jeudy devant le Feste de le Nativité Nostre-Dame, l'abbé de Eu et Raheul de Paris, procureur dudit couvent de Eu, et Monseigneur Jehan de Bailluel, chevalier, furent en amende pour pez faite entre eux. Et est la pez tele que comme ledit abbé et procureur du couvant proposassent vers ledit Monseigneur Jehan qu'il estoient en bonne saisine de prendre et recevoir chascun an la disme du moulin de Hornoi, et ledit Monseigneur Jehan leur empeschoit et avoit empeschié par trois ans, si comme ils disoient, si requéroient que ledit Monseigneur Jehan ostat l'empeschement quil li avoit mis et quil leur rendist les arrérages desdites trois années. A la parfin, pour bonne pez, veut et ottroia et s'accorda que dores avant ledit abbé et couvent prengnent et aient la disme dudit molin autant comme à sa partie dudit molin apartient et peut apartenir, sanz ce que contre ce il puist desormez aler encontre. — Donné sous le scel de le baillie de céans, lan et le jour dessus dis. » (8 septembre 1296).

(Copies et extraits d'actes concernant Eu. Mss. de la Bibl. Ste-Geneviève, L F, 30, p. 131).

II.

« A très excellent prince nostre très chier seigneur et bon ami et nostre espérance emprès Dieu, Philippe, par la Grace de Dieu Roi de France, Jehans de Bailleul, Rois d'Escoce, salut et accroissement d'onneur et de tous biens à son désir. — Pour ce que nous savons de certain et avons veu et conneu par effet que vous nous avez esté et i estes bons sires et aidans, et avez eu et avez enquorre nos besoignes à cuer et avons espérance que vous arez tous jourz u tens avenir, il nous plaist, voulons et consentons que nosdites besoignes espéciaument celles que nous avons contre le Roi d'Engleterre, vous poursuivez ou faites poursuivre en la manière que bon vous semblera, ou ensemble avecques vos besoignes que vous avez contre iceli roi, ou divisement en poursuivant et metent a fin premièrement les vostres se il vous semble que bon soit, ou par paes, ou par trièvе ou abstinence. En tele manière, que se vous mettez premièrement les vostres besoignes à fin, il vous plaise poursuivre continuelment la notre et mettre à fin en la manière que vous pourrez bonnement. Dex vous dont bonne vie et longue. Donné à Bailleul, le jour de Feste Saint-Clément, lan de grace Mil CCC et deus.

(Pièce originale, scellée en cire verte sur simple queue. — Trésor des Chartes, J, 633, n° 5. Archives de l'Empire).

III.

Lettres par lesquelles le roi Philippe le Bel permet à Jean de Bailleul, roi d'Ecosse (sic) de vendre aux Maire et Echevins d'Abbeville le droit de travers qu'il avait sur la rivière de Somme, à Abbeville. — Septembre 1304.

(B. I. — Cab. des Chartes, CC. 248).

IV.

Charte par laquelle « Jehans, rois d'Escoce et sires de Bailleul-en-Vimeu » vend à la commune d'Abbeville tout ce qu'il avait « en icelle ville et rivière de Somme pour raison de travers, de coutume et de rente. » — En 1304.

(Le P. Ignace, Hist. des Mayeurs d'Abbeville, p. 241 et 263, d'après la Charte originale scellée, conservée dans l'argenterie de l'Echevinage d'Abbeville).

V.

Charte par laquelle « Jehans, rois d'Escosse et sires de Bailleul en Vimmeu » vend à Hugues, abbé de Sery, tout ce qu'il possédait au bourg d'Oisemont, sous la réserve de la haute justice et de la vicomté, moyennant le prix de 2,376 livres : à savoir, 164 chapons de cens annuel sur certaines masures d'Oisemont, 21 livres 4 deniers parisis de rente sur 40 journaux de terre, un four banal, 20 journaux de terre dont moitié en labour, tous ses droits sur 17 journaux de terre amodiés par lui à la léproserie d'Oisemont, et enfin son droit de justice sur le tout, qui est estimé valoir 85 livres 15 sous parisis de revenu annuel.

(Hist. de l'abbaye de Sery, par Dom Sauvage, Mss. 962, Bibl. Ste-Geneviève).

VI.

Lettre par laquelle « Robers de Vilenneve, baillif d'Amiens » fait savoir que sur les débats qui ont eu lieu « en lassise d'Amiens qui commencha le jour des Octaves de le Décollation Saint-Jéhan-Baptiste lan Mil CCC et douze » entre le Sénéchal de Ponthieu pour le roi d'Angleterre, comte de Ponthieu, d'une part, et « Jehan, seigneur de Bailleul, chevalier, » d'autre part, pour des fourches que le chevalier susdit avait fait dresser en la terre qu'il a à Rue et qu'il tient du Roi ; et que le sénéchal prétendait ne pouvoir être dressées parce que cela lésait les droits du comte de Ponthieu ; et à propos encore de divers autres motifs ; le sénéchal n'ayant pu montrer des lettres de committimus adressées au comte de Ponthieu, ledit Robert, bailli d'Amiens, assigne les parties au prochain parlement. » Donné sous le scel de la baillie d'Amiens le guesdi après la Nativité Nostre Dame lan dessus dit. » (1312, 14 septembre).

(Bureau des Finances d'Amiens, Layette de Ponthieu. Papiers de Dom Grenier, vol. 57 *bis*, f° 183).

VII.

« Nous, Jehans, par la grâce de Dieu Roys d'Ecosse et sire de Bailleul-en-Vimmeu, faisons savoir à tous chiaus qui ches présentes lettres verront ou orront, que, pour plusieurs entrepresures, meffais et trespas des ques li senescaus de Pontiu nous acoisonnoit et nos gens et nous metoit sus avoir fais en nostre terre de Heliscourt et es appartenanches seans en Vimmeu, lequel nous tenons en fief de tres excellent prince nostre chier seigneur Edouard par la grâce de Dieu rois d'Engleterre et conte de Pontiu, pour bien de pais à nostre requeste et pour nostre prouffit évident et très grand damache esquiever, nous nous sommes acordé et apaisié dudit senescal en le manière qui sensient, chest asavoir que nous demourons a pais desdites entrepresures, meffais et trespas des ques il nous acoisonnoit et nos gens, avoir fais contre la droiture de nostre avant dit seigneur, et nous paierons et baillerons au recheveur de Pontiu ou ferons païer et bailler, ou a chelui qui ches lettres ara, sans autre procuration demander, et a che nous sommes nous obligié et obligons bien et loiaument, wit vins livres de boins fors parisis as termes qui sensuivent : chest assavoir quatre vins libres de parisis au jour de le Nativité Nostre Seigneur prochaine venant et quatre vins libres de parisis à lautre feste de le Nativité Nostre Seigneur prochaine ensievant après. Et sil estoit ainsi que li dis recheverres ou chil qui ches lettres avoit eust cous ou damaches, fesist fres ou despens ou missions en avocas, en procureurs, en message pour ledite dette requerre et faire avoir, ou en autre quelconque manière que che fust, par le deffaute de nostre paiement en tout ou en partie, nous sommes tenus de rendre et restorer et a che nous obligons nous aveuc tout le princhipal, par le serement dudit recheveur ou de chelui qui ches letres aroit, sans autre preuve demander et sans riens dire encontre. Et quant à che en avons nous renonchié et renonchons a tout privilége de crois prinse et à prendre, especiament as privilege de le crois de le quele on a commenchié a preschier pour le voiage doutremer ; a toutes les dilacions et pourlongemens que nous ariemes ou poiriemes avoir el temps et avenir du pappe, du roi de Franche noseigneur ou dautre prélat ou seigneur terrien pour locasion de leditte crois ; a toutes graces et respis empetrés ou a empetrer soit du roi de Franche noseigneur ou dautrui, especiaument a le grace que le roi noseigneur nous a faite de prendre seur une chestive porcion de notre terre nos dettes et que lautre nous demeurche pour notre vivre ; et a toutes les graces et respis que il nous a faites sanblaules ou greigneurs et que il nous porroit faire ou feroit el temps a avenir; car nous nous obligons et volons que de riens ne nous en puissons aidier el temps a avenir quant a le dette dessus dite ; a tous conduits, a toute opposicion, alegacion, exception de fraude, de boisdie, de déchoite, de forche, de peeur, a che que nous peussons dire que nous eussons esté décheu en le dite pais faisant ou acort en quele maniere que che fust, car nous sommes chertains du contraire ; a che que nous peussons dire que le chose neust mie ainsi esté faitte comme il est chi dessus écrit au droit disant ou veullant dire general renonciation nient valoir, et à toutes les choses qui géneraument et especiaument nous porroient aidier et valoir, et audit recheverres ou a chelui qui ches lettres porteroit nuire. As choses dessus dites tenir bien et loiaument toutes ensanble et chescune a parli avons nous obligié et obligons ou dit recheverres ou a cheli qui ches lettres aroit, nous et tous nos biens temporeus muebles et non muebles, catex et yretages presens et avenir, especiaument en avons nous rapporté et rapportons par le teneur de ches lettres en le main dudit senescal toute nostre terre de Heliscourt et les appartenanches, pour prendre, saisir, lever, vendre et despendre et exploitier tel markié, tele vente de le pure autorité dudit senescal ou du recheverres ou de cheli qui ches lettres aroit, ou par autre justiche quele que ele fust en quelconque lieu que nos biens seroient trouvés, fust à Heliscourt ou en œutre juridicion tout ni fussons nous couchant ne levant dusques à tant que li dis recheverres ou li porterres de ches lettres aroit pleniere satisfacion de tous cous, de tous fres, de tous damaches et de toutes missions aveuc tout le principal dessus dit. Et pour che que toutes les choses dessus dites soient fermes et estaules, nous avons ches presentes lettres faites et baillées ou fait bailler audit recheveur de Pontiu, seelées de nostre seel. Che fu fait lan de grace Mil CCC treze, le quart jour du mois de march. » (1314, nouv. style).

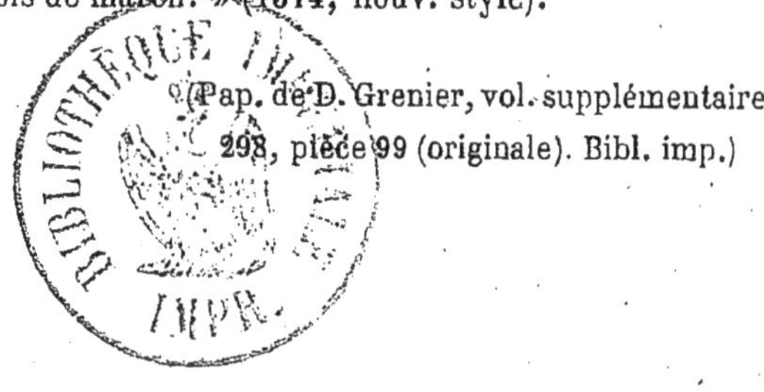

(Pap. de D. Grenier, vol. supplémentaire, 298, pièce 99 (originale). Bibl. imp.)

Amiens. — Imp. LEMER aîné, place Périgord, 3.

www.ingramcontent.com/pod-product-compliance
Ingram Content Group UK Ltd.
Pitfield, Milton Keynes, MK11 3LW, UK
UKHW021104260726
13994UKWH00002B/697